Arthur Conan Doyle

O VAMPIRO DE SUSSEX

e outras histórias

Tradução de Pedro Gonzaga

www.lpm.com.br

L&PM POCKET

Coleção **L&PM** POCKET, vol. 219

Primeira edição na Coleção **L&PM** POCKET: maio de 2005
Esta reimpressão: novembro de 2013

Título original: *The case-book of Sherlock Holmes*

Tradução: Pedro Gonzaga
Capa: Marco Cena
Revisão: Rodrigo Cunha, Renato Deitos e Jó Saldanha

ISBN 978-85-254-1094-8

D754c Doyle, Arthur Conan, Sir, 1859-1930
O vampiro de Sussex e outras histórias / Arthur Conan Doyle; tradução de Pedro Gonzaga. – Porto Alegre: L&PM, 2013.
176 p. ; 18 cm – (Coleção L&PM POCKET)

1. Ficção inglesa policial. I. Título. II. Série.

CDD 823.32
CDU 820-312.4

Catalogação elaborada por Izabel A. Merlo, CRB 10/329.

Rua Comendador Coruja 314, loja 9 – Floresta – 90.220-180
Porto Alegre – RS – Brasil / Fone: 51.3225.5777 – Fax: 51.3221-5380

PEDIDOS & DEPTO. COMERCIAL: vendas@lpm.com.br
FALE CONOSCO: info@lpm.com.br
www.lpm.com.br

Impresso no Brasil
Primavera de 2013

Sir Arthur Conan Doyle
(1859-1930)

Sir Arthur Conan Doyle nasceu em Edimburgo, na Escócia, em 1859. Formou-se em Medicina pela Universidade de Edimburgo em 1885, quando montou um consultório e começou a escrever histórias de detetive. *Um estudo em vermelho*, publicado em 1887 pela revista *Beeton's Christmas Annual*, introduziu ao público aqueles que se tornariam os mais conhecidos personagens de histórias de detetive da literatura universal: Sherlock Holmes e dr. Watson. Com eles, Conan Doyle imortalizou o método de dedução utilizado nas investigações e o ambiente da Inglaterra vitoriana. Seguiram-se outros três romances com os personagens, além de inúmeras histórias, publicadas nas revistas *Strand*, *Collier's* e *Liberty* e posteriormente reunidas em cinco livros. Outros trabalhos de Conan Doyle foram freqüentemente obscurecidos por sua criação mais famosa, e, em dezembro de 1893, ele matou Holmes (junto com o vilão professor Moriarty), tendo a Áustria como cenário, no conto "O problema final" (*Memórias de Sherlock Holmes*). Holmes ressuscitou no romance *O cão dos Baskerville*, publicado entre 1902 e 1903, e no conto "A casa vazia" (*A ciclista solitária*), de 1903, quando Conan Doyle sucumbiu à pressão do público e revelou que o detetive conseguira burlar a morte. Conan Doyle foi nomeado cavaleiro em 1902 pelo apoio à política britânica na guerra da África do Sul. Morreu em 1930.

Livros do autor na Coleção **L&PM** POCKET

Aventuras inéditas de Sherlock Holmes
A ciclista solitária e outras histórias
Um escândalo na Boêmia e outras histórias
O cão dos Baskerville
Dr. Negro e outras histórias
Um estudo em vermelho
A juba do leão e outras histórias
Memórias de Sherlock Holmes
A nova catacumba e outras histórias
Os seis bustos de Napoleão e outras histórias
O signo dos quatro
O solteirão nobre e outras histórias
O último adeus de Sherlock Holmes
O vale do terror
O vampiro de Sussex e outras histórias

Sumário

Prefácio

Temo que o sr. Sherlock Holmes possa se tornar um desses tenores populares que, tendo sobrevivido ao seu tempo, segue receptivo à idéia de fazer sucessivas despedidas às suas indulgentes platéias. Isso tem que acabar, e Holmes deve seguir o destino de toda carne, material ou imaginária. Certas pessoas gostam de pensar que existe uma espécie de limbo fantástico para os filhos da imaginação, um lugar estranho, impossível, onde os galãs de Fielding continuam amando as beldades de Richardson, onde os heróis de Scott seguem garbosos, onde os deliciosos *cockneys* de Dickens ainda provocam risadas, e os personagens mundanos de Thackeray continuam levando suas carreiras repreensíveis. Talvez em algum cantinho de tal Valhalla*, Sherlock e o seu Watson encontrem um lugar provisório, enquanto algum detetive mais astuto e um parceiro ainda menos sagaz possam preencher a vaga deixada por eles.

A carreira de Sherlock foi longa – se bem que se possa exagerá-la. Velhos senhores decrépitos que se aproximam de mim e declaram que as aventuras dele foram decisivas na formação de suas leituras quando pequenos não recebem de mim a resposta que parecem esperar. Ora, ninguém está ansioso para ser confrontado com sua idade de modo tão descortês.

---

* Imenso salão da mitologia nórdica presidido por Odin. (N. do T.)

Atendo-me friamente aos fatos, Holmes fez sua estréia em *Um estudo em vermelho* e em *O signo dos quatro*, duas pequenas obras publicadas entre 1887 e 1889. Foi em 1891 que *Um escândalo na Boêmia*, o primeiro de uma longa série de contos, apareceu em *The strand magazine*. O público o recebeu muito bem e ficou desejoso de mais. Assim, daquela data em diante, trinta e seis anos atrás, esses contos vêm sendo publicados em séries descontinuadas, que agora perfazem não menos do que 56 histórias, reunidas em *As aventuras*, *As memórias, O retorno* e *O último adeus*, de modo que sobraram dispersos esses doze contos publicados nos últimos anos e que agora estão reunidos sob o título de *Os casos de Sherlock Holmes**.

Ele começou suas aventuras em pleno coração da última Era Vitoriana, atravessou o curto reinado de Edward e conseguiu administrar e manter seu próprio e pequeno nicho mesmo nestes dias frenéticos. Dessa forma, seria verdade dizer que aqueles que o leram primeiramente quando jovens, viveram para ver seus próprios filhos acompanharem as mesmas aventuras, na mesma revista. É um exemplo esmagador da paciência e da lealdade do público britânico.

Eu estava plenamente determinado, ao concluir *As memórias*, a encerrar a carreira de Holmes, pois sen-

---

* Os livros de contos de Sherlock Holmes foram publicados na Coleção **L&PM** Pocket seguindo a seguinte divisão: *Um escândalo na Boêmia e outras histórias*, vol.107, e *O solteirão nobre e outras histórias*, vol.112 (*The adventures of Sherlock Holmes*); *As memórias de Sherlock Holmes*, vol.166; *A ciclista solitária e outras histórias*, vol.189, e *Os seis bustos de Napoleão e outras histórias*, vol.190 (*The return of Sherlock Holmes*); *A juba do leão e outras histórias*, vol.214, e *O vampiro de Sussex e outras histórias*, vol.219 (*The case-book of Sherlock Holmes*); *O último adeus de Sherlock Holmes*, vol.285 (*His last bow*); além de *As aventuras inéditas de Sherlock Holmes*, vol.70 (*The final adventures of Sherlock Holmes*). (N. do E.)

tia que as minhas energias literárias não deviam ser direcionadas de modo tão direto para apenas um canal. Aquele rosto pálido e de traços definidos, aquela figura lassa estava roubando uma parte irrecuperável da minha imaginação. Cumpri a dura missão, e, afortunadamente, nenhum médico-legista ocupou-se do atestado de óbito. E assim, após um longo intervalo, não me foi difícil responder ao lisonjeiro pedido de explicar meu temerário ato. Jamais me arrependi do que fiz, pois, de fato, na prática, descobri que esses pequenos esboços não evitaram que eu explorasse e encontrasse as minhas limitações em campos tão variados da literatura como a história, a poesia, os romances históricos, a pesquisa psíquica e o drama. Ainda que Holmes não tivesse existido, eu não teria ido além, apesar de que ele talvez tenha atrapalhado um pouco o caminho para o reconhecimento dos meus trabalhos literários de maior seriedade.

Pois bem, leitor, digamos adeus a Sherlock Holmes! Agradeço por sua constância no passado, esperando que tenha trazido algum retorno, mesmo que na forma de distração para as preocupações da vida, estimulando a mudança de pensamento que só pode ser encontrada no reino encantado do romance.

Arthur Conan Doyle, 1927

A AVENTURA DE UM CLIENTE ILUSTRE

– AGORA SÃO ÁGUAS passadas – foi o comentário do sr. Sherlock Holmes quando, pela décima vez em muitos anos, pedi seu consentimento para revelar a história que se segue. Assim obtive, finalmente, permissão para colocar no papel o que foi, em alguns aspectos, o momento supremo da carreira do meu amigo.

Tanto Holmes quanto eu tínhamos uma queda pelo banho turco. Era depois de fumar, na deliciosa lassidão da sala de secagem, que eu o encontrava menos reticente e mais humano do que em qualquer outro lugar. No piso superior do estabelecimento da avenida Northumberland, havia um canto isolado onde dois divãs ficavam um ao lado do outro. Era neles que estávamos deitados naquele 3 de setembro de 1902, o dia em que a história começa. Perguntei a ele se alguma coisa o estava incomodando, e, como resposta, ele nervosamente lançou seu braço fino e longo para fora dos panos que o envolviam, arrancando um envelope do bolso interno do casaco que estava pendurado ao seu lado.

– Pode ser a preocupação de um tolo egocêntrico, pode ser uma questão de vida ou morte – ele disse, enquanto me alcançava o bilhete. – Não sei nada além do que esta mensagem me diz.

Era do Clube Carlton, com a data da noite anterior. Eis o que li:

> Lorde James Damery apresenta seus cumprimentos ao sr. Sherlock Holmes e entrará em contato

com ele às 16h30 de amanhã. *Sir* James pede para dizer que a questão que o leva a consultar o sr. Holmes é muito delicada e também muito importante. Confia, por essa razão, que o sr. Holmes fará qualquer esforço para comparecer ao encontro, confirmando-o com um telefonema para o Clube Carlton.

– Não preciso dizer que confirmei o encontro, Watson – falou Holmes, assim que lhe devolvi o papel. – Você sabe alguma coisa sobre esse tal de Damery?

– Apenas que seu nome é famoso na sociedade.

– Bem, posso lhe contar um pouco mais do que isso. Ele tem a reputação de ser capaz de manter assuntos "delicados" fora das páginas dos jornais. Você deve estar lembrado das negociações dele com *sir* George Lewis a respeito do caso do testamento de Hammerford. Ele é um homem do mundo, com um talento natural para a diplomacia. Creio, por isso, que não se trata de uma pista falsa e que ele realmente precisa da nossa ajuda.

– Nossa?

– Bem, se não for incômodo para você, Watson.

– Será uma honra.

– Então já sabe a hora: quatro e meia. Até lá, podemos tirar o assunto de nossas cabeças.

Eu estava, nessa ocasião, morando em meus próprios aposentos na rua Queen Anne, mas me encontrava nas redondezas da Baker Street antes da hora marcada. Eram pontualmente quatro e meia quando o coronel *sir* James Damery foi anunciado. É praticamente desnecessário descrevê-lo, já que muitos devem lembrar do tipo forte e parrudo, da respeitabilidade de sua figura, da cara larga e bem barbeada e, acima de tudo, daquela voz de agradável maciez. Seus olhos cinzentos de irlandês irradiavam franqueza, e os lábios pequenos e inquietos revelavam seu bom humor. Sua majestosa cartola, sua casaca escura; de fato, cada detalhe, do alfinete de pérola que prendia a gravata negra de seda às polainas de lavanda sobre os sapatos engraxados, denotava o cuidado meticuloso com que se vestia e pelo qual era famoso. O grande e poderoso aristocrata tomou conta da pequena sala.

– Claro, estava preparado para encontrar o dr. Watson – ele observou, fazendo-me uma reverência. – A ajuda dele pode ser muito necessária para o problema que teremos que enfrentar, sr. Holmes. Estamos lidando com um homem cuja violência, literalmente, não tem limites. Devo dizer que não há na Europa homem mais perigoso.

– Tive muitos oponentes que receberam esse título lisonjeiro – disse Holmes, com um sorriso. – O senhor fuma? Então me dará licença para acender meu cachimbo. Se o homem que o senhor teme é mais perigoso do que o finado professor Moriaty, ou do que o ainda vivo coronel Sebastian Moran, então vale a pena conhecê-lo. Posso perguntar como ele se chama?

– Já ouviu alguma vez falar do barão Gruner?

– Fala do assassino austríaco?

O coronel Damery chacoalhou suas mãos enluvadas enquanto sorria. – O senhor não deixa passar nada, sr. Holmes! Maravilha! Então já o classificou como assassino?

– É minha obrigação acompanhar a evolução dos crimes no continente. Quem poderia ter dúvidas sobre a culpa desse homem tendo lido sobre o que ocorreu em Praga? Um detalhe puramente técnico da legislação e a morte de uma testemunha em circunstâncias suspeitas o salvaram! Tenho certeza absoluta de que ele matou a própria esposa naquilo que foi chamado de "acidente" na Splügen Pass, é como se eu pudesse vê-lo executando o crime. Eu sabia, além disso, que ele tinha vindo para a Inglaterra e que, cedo ou tarde, me daria algum tipo de trabalho. Bem, qual é o problema com o barão Gruner? Presumo que não tenha nada a ver com essa antiga tragédia, certo?

– Certo, é muito mais sério do que isso. Vingar um crime é importante; evitar outro, porém, é mais. É uma coisa horrível notar que um evento tenebroso, uma atrocidade, está se armando diante de seus olhos, sr. Holmes, perceber o que inevitavelmente vai acontecer e, ao mesmo tempo, ser incapaz de fazer qualquer coisa para evitar. Pode um ser humano passar por provação maior?

– Talvez não.

– Então o senhor simpatizará com os interesses do cliente que estou representando.

– Eu não havia entendido que o senhor era apenas um intermediário. Quem é o principal interessado?

– Sr. Holmes, peço encarecidamente que não me pressione com essa pergunta. É importante que eu possa garantir a ele que seu honrado nome não será de nenhum modo envolvido na questão. Seus motivos são, sob todos os aspectos, nobres e justos, mas ele prefere permanecer incógnito. Não preciso dizer que seus honorários estão garantidos e que o senhor terá total liberdade para atuar. Tem certeza de que o nome do cliente é mesmo fundamental?

– Lamento – disse Holmes. – Estou acostumado a encontrar o mistério em apenas uma das pontas dos meus casos. Tê-lo nas duas extremidades é muito complicado. Temo, *sir* James, que terei que declinar a oferta.

Nosso visitante ficou extremamente perturbado. Seu rosto grande e sensível foi obscurecido pelo desapontamento.

– O senhor não tem idéia do efeito do seu ato, sr. Holmes – ele disse. – Desse modo, me coloca num dilema seríssimo, pois tenho certeza de que o senhor se sentiria orgulhoso de pegar este caso se eu pudesse revelar tudo o que sei. Ao mesmo tempo, uma promessa me impede de fazê-lo. Posso, pelo menos, contar-lhe o que me foi permitido?

– Contanto que fique claro que não estou assumindo nenhum compromisso, não vejo problema.

– Isso está claro. Em primeiro lugar, o senhor sem dúvida já ouviu falar do general De Merville?

– De Merville, famoso por Khyber? Sim, ouvi falar dele.

– Ele tem uma filha, Violet de Merville, jovem, rica, linda, culta, maravilhosa em todos os sentidos. É essa filha, adorável e inocente, que nós estamos encarregados de salvar das garras de um demônio.

– Isto quer dizer que o barão Gruner exerce algum poder sobre ela?

– O maior de todos os poderes que se pode exercer sobre uma mulher: o poder do amor. Esse indivíduo é, como o senhor deve saber, incrivelmente belo, de fino trato, dono de uma voz suave, além de possuir aquele ar de romance e mistério que tanto atrai uma mulher. Dizem que ele pode fazer qualquer uma ajoelhar-se aos seus pés e que sabe muito bem se aproveitar disso.

– Mas como foi que um homem desses conseguiu conhecer uma dama da categoria da srta. Violet de Merville?

– Foi num cruzeiro pelo Mediterrâneo. Os passageiros, embora gente seleta, compraram individualmente suas passagens. Os promotores só perceberam a presença do barão quando já era tarde demais. O vilão aproximou-se da jovem com tanta artimanha, que logo havia lhe conquistado completa e absolutamente o coração. Dizer que ela apenas o ama expressa mal a questão. Ela o venera, está obcecada por ele. Não há nada na Terra além dele. Qualquer coisa que se diga contra ele será ignorada. Já se tentou de tudo para curá-la dessa loucura, nada parece funcionar. Resumindo a história, ela lhe fez uma proposta de casamento para o mês que vem. Como já é maior de idade e tem um gênio inflexível, será difícil encontrar um modo de preveni-la.

– Ela sabe o que aconteceu na Áustria?

– O demônio astuto contou a ela todos os detalhes podres dos escândalos da sua vida pública, mas sempre de uma maneira que pudesse fazer o papel de mártir. Ela aceitou cada detalhe dessas versões e não escutará nada que alguém diga em contrário.

– Minha nossa! No entanto, creio que o senhor deixou escapar inadvertidamente o nome do seu cliente, não? Trata-se, sem dúvida, do general De Merville.

Nosso visitante inquietou-se na cadeira.

– Lamento desapontá-lo, sr. Holmes, mas isso não seria possível. De Merville está arrasado. O poderoso soldado de outrora foi totalmente desmoralizado pelo incidente. Perdeu a firmeza que tantas vezes fora sua companheira no campo de batalha, tornando-se um velho fraco e vacilante, completamente incapaz de enfrentar um salafrário do porte desse austríaco. Meu cliente, no entanto, é um antigo amigo do general, alguém que o conheceu na intimidade por muitos anos e adquiriu assim um interesse paternal pela garota, desde que ela saiu das fraldas. Ele não pode ver esta tragédia se consumar de braços cruzados. Não há nada que a Scotland Yard possa fazer. Foi por sugestão dele que seu nome foi lembrado, mas, como eu disse, com a premissa de que seu próprio nome não fosse envolvido na questão. Não tenho dúvidas, sr. Holmes, de que, com suas habilidades, o senhor facilmente conseguiria traçar o caminho que me liga a meu cliente. Permita-me, contudo, por uma questão de honra, pedir que não o faça. Não lhe tire o anonimato.

Holmes deu um sorriso enigmático.

– Seguramente posso atender ao seu pedido – ele disse. – Devo dizer que seu problema me interessa e que estou preparado para analisá-lo. Como podemos estabelecer contato?

– O Clube Carlton me encontrará. Mas, em caso de emergência, há um telefone particular: XX.31.

Holmes anotou o número e sentou, ainda sorrindo, com o caderno de notas aberto sobre os joelhos.

– O atual endereço do barão, por favor?

– Vernon Lodge, próximo de Kingston. É uma casa grande. Ele teve sorte com algum negócio escuso e se tornou um homem rico, o que, naturalmente, torna-o um oponente ainda mais perigoso.

– Ele está em casa neste momento?

– Sim.

– Além daquilo que o senhor me disse, há mais alguma informação que possa me dar a respeito desse homem?

– Gosta de coisas caras. Tem especial apreço por cavalos. Por um curto período de tempo, jogou pólo em Hurlingham, mas então o boato sobre Praga se espalhou e ele teve que sair. É colecionador de livros e pinturas, com um lado artístico muito forte em sua natureza. Ele é, acredito, sabidamente uma autoridade em cerâmica chinesa. Até escreveu um livro sobre o assunto.

– Uma mente complexa – disse Holmes. – Todos os grandes criminosos a possuem. Meu velho amigo Charlie Peace era um virtuoso no violino. Wainwright era, no mínimo, um artista. Poderia citar muitos outros exemplos. Bem, *sir* James, informe ao seu cliente que me concentrarei no barão Gruner. Não posso dizer mais nada. Tenho algumas fontes de informação que são exclusivas e ouso dizer que encontraremos um jeito de esclarecer o assunto.

Quando o visitante nos deixou, Holmes ficou por tanto tempo absorto em seus pensamentos que parecia ter esquecido da minha presença. Finalmente, contudo, voltou rapidamente à Terra.

– Bem, Watson, alguma idéia? – perguntou.

– Creio que o melhor seria você ir pessoalmente falar com a jovem.

– Meu caro Watson, se o pai dela, um pobre velho arruinado, não conseguiu demovê-la, como eu, um estranho, seria capaz de fazê-lo? E, além do mais, devemos guardar essa sugestão para o caso de tudo mais falhar. Creio que devamos começar de um ponto de vista diferente. Prefiro imaginar que Shinwell Johnson possa nos dar uma ajuda.

Não tive a oportunidade de mencionar Shinwell Johnson nestas memórias porque raramente escrevo sobre os casos mais recentes da carreira do meu amigo. Durante os primeiros anos do século, ele se tornou um valioso ajudante. Johnson, entristeço-me de dizer, fez sua fama primeiramente como um perigoso vilão e cumpriu duas penas em Parkhurst. Finalmente, regenerou-se e tornou-se aliado de Holmes, atuando como seu agente no submundo do crime londrino, obtendo informações que muitas vezes provaram ser de vital importância. Se Johnson tivesse trabalhado como informante da polícia, logo teria sido descoberto. Mas como ele lidava com casos que nunca chegavam aos tribunais, seus companheiros jamais perceberam a natureza de suas atividades. Com o *glamour* de suas duas condenações pesando nas costas, ele tinha a *entrée** de cada clube noturno, pensão barata e casa de jogos na cidade, e sua percepção aguçada e seu raciocínio rápido fizeram dele um agente ideal para obter informações. Era para ele que Sherlock Holmes propunha recorrer agora.

Não me foi possível seguir imediatamente os passos do meu amigo, pois eu tinha os meus próprios compromissos profissionais, mas fiquei de encontrá-lo mais tarde naquela noite no Simpson's, onde, sentado a uma pequena mesa em frente à janela, olhando para o apressado fluxo de vida na Strand, ele me contou o que tinha acontecido.

– Johnson está na caça – ele disse. – Pode ser que ele encontre alguma sujeira nos negros recessos do submundo, porque é lá, entre as raízes negras do crime, que devemos procurar pelos segredos do nosso homem.

– Mas se a dama não quer aceitar o que já é sabido, por que alguma nova descoberta faria diferença?

– Quem sabe, Watson? O coração e a mente das mulheres são quebra-cabeças insolúveis para o macho. Um assassinato pode ser perdoado ou explicado. Do mesmo modo que uma pequena ofensa pode se tornar grave. O barão Gruner me fez um comentário...

– Ele lhe fez um comentário!?

---

* *Entrée*: entrada. Em francês no original. (N. do T.)

– Oh, por segurança, não contei todos os meus planos a você! Bem, Watson, gosto do corpo-a-corpo com o adversário. Gosto de olhar nos olhos dele e conhecer pessoalmente a matéria de que é feito. Quando passei a Johnson as instruções que ele precisava, peguei um tílburi até Kingston e encontrei o barão afável e bem-disposto.

– Ele o reconheceu?

– Nenhuma dificuldade quanto a isso, porque eu simplesmente enviei-lhe o meu cartão. Ele é um ótimo oponente: frio como gelo, a voz macia e sedosa como a de uma de suas modistas, venenoso como uma cobra. É um criminoso de berço, um verdadeiro aristocrata do crime. Por fora, parece convidar para o chá da tarde. Por dentro, esconde a crueldade de um assassino. Sim, fiquei satisfeito por ter obtido a atenção do barão Adelbert Gruner.

– Você disse que ele foi afável?

– Como um gato que ronrona imaginando enxergar ratinhos apetitosos. A afabilidade de algumas pessoas é mais mortal do que a violência de almas grosseiras. O modo como me saudou foi característico:

'– Sabia que iria encontrá-lo cedo ou tarde, sr. Holmes' – ele disse. – 'O senhor foi contratado, sem dúvida, pelo general De Merville, com a missão de impedir meu casamento com a filha dele, Violet. Estou certo, não?'

"Concordei.

'– Meu caro' – ele disse –, 'o senhor conseguirá apenas arruinar a sua bem merecida reputação. Será um trabalho infrutífero, para não falar que pode haver algum perigo. Não há qualquer chance de o senhor ter sucesso. Vou lhe dar um conselho sério: abandone de vez a missão.'

‘– É curioso’ – respondi –, ‘mas esse é o mesmo conselho que eu pretendia lhe dar. Respeito sua inteligência, barão, e o pouco que vi de sua personalidade não alterou meu conceito. Vamos falar francamente, de homem para homem. Ninguém quer desenterrar o seu passado, fazê-lo sentir-se inutilmente desconfortável. É assunto encerrado e agora o senhor navega em águas calmas. Mas se insistir nesse casamento, acabará por conquistar um enxame de inimigos poderosos, que jamais o deixarão em paz, até que eles tenham transformado a Inglaterra num lugar quente demais para o senhor. Vale a pena esse jogo? Seria certamente mais sábio da sua parte deixar a moça em paz. Não seria nada agradável para o senhor se os fatos do seu passado viessem à tona para ela.’

“O barão tinha pequenos pêlos engomados debaixo do nariz, como as pequenas antenas de um inseto. Eles tremiam de surpresa enquanto ele escutava, até que não conteve mais um sorriso sutil.

‘– Perdoe meu espanto, sr. Holmes’ – ele disse –, ‘mas é muito engraçado vê-lo bancar um alto cacife sem nenhuma carta na mão. Não creio que ninguém pudesse fazê-lo melhor, mas não deixa de ser de qualquer forma patético. Nenhuma carta importante, sr. Holmes, nada além da menor entre as menores.’

‘– É o que o senhor pensa.’

‘– É o que eu sei. Deixe-me esclarecer uma coisa, já que minha mão é tão boa que posso até me dar ao luxo de mostrá-la. Tive sorte o bastante para conquistar a afeição dela por completo. Conquistei-a apesar de ter sido extremamente honesto com ela a respeito dos incidentes infelizes do meu passado. Também contei a ela sobre certas pessoas perversas e mentirosas – espero que se reconheça entre elas – que viriam lhe falar desses incidentes, e a instruí sobre o modo de tratá-las. Já ouviu falar de sugestão pós-hipnótica, sr. Holmes? Bem, o senhor verá como funciona. Um homem de personalidade pode usar o hipnotismo sem aqueles passes ou tolices. Assim, ela está pronta, sem dúvida, para recebê-lo, pois minha noiva atende de bom grado às vontades do pai – salvo, é claro, em relação a este pequeno assunto.'

"Bem, Watson, como parecia não haver mais nada para ser dito, tomei o rumo da saída, ostentando a mais gélida dignidade que me foi possível. No entanto, ao pousar minha mão na maçaneta, ele me deteve.

'– A propósito, sr. Holmes' – ele disse –, 'o senhor conhece Le Brun, o agente francês?'

'– Sim' – respondi.

'– Sabe o que aconteceu com ele?'

'– Ouvi dizer que foi espancado por alguns apaches no distrito de Montmartre e que escapou por pouco.'

'– Verdade, sr. Holmes. Por uma curiosa coincidência, ele andava investigando os meus negócios há apenas uma semana. Não faça isso, sr. Holmes, dá azar. Muitos já perceberam isso. As últimas palavras que lhe digo são: siga o seu caminho e me deixe seguir o meu. Adeus!'

"Isso é tudo, Watson. Agora você está atualizado."

– O sujeito parece perigoso.

– Terrivelmente perigoso. Desprezo a fanfarronice, mas esse parece ser o tipo de homem que diz muito menos do que realmente faz.

– Vale a pena você interferir? Que importância tem o casamento dele com essa garota?

– Levando em conta que ele, sem sombra de dúvida, matou a antiga esposa, devo dizer que importa muito. Além disso, há o cliente! Bem, bem, não precisamos discutir o assunto. Assim que você terminar o café, é melhor vir comigo até lá em casa. O alegre Shinwell estará lá com o relatório.

E lá, de fato, o encontramos. Um homem imenso, grosseiro, escorbútico, a face vermelha, com um par de olhos negros vívidos que eram o único sinal externo do seu brilho intelectual. Ele tinha mergulhado naquele que era, peculiarmente, seu reino. Trazia consigo, sentada ao lado dele no sofá, uma amostra do que havia pescado: uma jovem magra, lembrando o formato de uma chama, com um rosto pálido e intenso, cheia de mocidade e, ao mesmo tempo, consumida pelo pecado e pela tristeza, prova visível dos anos terríveis de sua vida, anos que marcavam-na como uma lepra.

– Esta é a srta. Kitty Winter – disse Shinwell Johnson, fazendo uma reverência com sua mão gorda. – O que ela não sabe... bem, ela falará por si própria. Botei minhas mãos nela, sr. Holmes, uma hora depois de receber sua mensagem.

– Sou fácil de achar – disse a jovem mulher. – O inferno aqui em Londres sempre me encontra. Mesma coisa com Porky Shinwell. Somos velhos colegas, Porky, você e eu. Mas, pelo amor de Deus!, existe alguém que deveria estar num buraco mais fundo que nós se houvesse alguma justiça no mundo! É o homem que o senhor persegue, sr. Holmes.

Holmes sorriu. – Espero que possamos atender aos seus desejos, srta. Winter.

– Se puder ajudar a mandá-lo para o lugar que ele merece, sou sua até os ossos – disse nossa visitante, com furiosa energia. Era possível notar o ódio em seu rosto branco e imóvel, nos seus olhos afiados, um ódio que só poderia ser rivalizado quiçá por outra mulher.

– O senhor não precisa conhecer meu passado, sr. Holmes, não há nada agora nem antes que importe. Sou o que Adelbert Gruner fez de mim. Se eu pudesse derrubá-lo!

Ela lançou freneticamente suas mãos no ar.

– Oh, se eu pudesse mandá-lo para o mesmo buraco em que ele já empurrou tantos outros!

– Está a par da situação?

– Porky Shinwell me contou tudo. Ele está atrás de outra pobre coitada e, dessa vez, quer casar com ela. E o senhor quer impedi-lo. Bem, na certa já sabe o suficiente sobre esse demônio para prevenir qualquer garota decente e que esteja no seu juízo perfeito de querer estar na mesma paróquia com ele.

– Ela perdeu o juízo. Está enlouquecida de amor. Contaram-lhe tudo sobre ele. Ela não está dando a mínima.

– Contaram do assassinato?

– Sim.

– Meu Deus, que estômago!

– Para ela, são calúnias.

– O senhor não tem como pôr as provas diante dos olhos tolos dela?

– Bem, pode nos ajudar a fazer isso?

– Não sou uma prova viva? Se eu ficar diante dela e contar o modo como ele me usou...

– Faria isso?

– Se eu faria? Claro que faria!

– Bem, não custa tentar. Mas Gruner contou a ela a maioria dos pecados e obteve-lhe o perdão, e entendo também que ela não reabrirá a questão.

– Eu apostaria como ele não lhe revelou tudo – disse a srta. Winter. – Pude vislumbrar um ou dois assassinatos além desse que causou tanta confusão. Ele poderia falar de alguém com sua voz aveludada e então me encarar com um olho fixo e dizer: "Morreu faz um mês". Não era bravata, mas dei muito pouca importância, como pode ver. Eu o amava demais naquele tempo. Tudo o que ele fez comigo, está fazendo agora com essa pobre coitada! Só uma coisa me deixa chocada. Sim, pelo amor de Deus! Se não fosse por sua língua, venenosa e mentirosa, que explica e tranqüiliza, eu o teria deixado naquela mesma noite. É um livro que ele possui, um livro marrom de couro, com um cadeado e suas armas gravadas em ouro na capa. Acho que ele estava bêbado naquela noite, ou jamais o teria mostrado para mim.

– O que tinha no livro, afinal?

– Deixe-me contar, sr. Holmes. Esse homem coleciona mulheres e tem orgulho de sua coleção, assim como alguns homens colecionam mariposas ou borboletas. Registrava tudo nesse livro. Fotografias, nomes, detalhes, tudo sobre elas. O livro era demoníaco – um livro que nenhum homem, mesmo que tivesse vindo do esgoto, poderia ter concebido. Mas era esse o livro de Adelbert Gruner. "Almas que arruinei", ele poderia colocar no lado de fora, caso se desse conta. No entanto, é inútil, porque o livro não lhe servirá de nada. E, mesmo que servisse, não haveria como pegá-lo.

– Onde ele está?

– Como posso lhe dizer onde está neste momento? Faz mais de um ano que deixei o barão. Sei onde ele o guardava então. Ele é muito preciso, organizado, um homem limpo como um gato. Assim, talvez ainda esteja na gaveta da velha escrivaninha no escritório interno. Conhece a casa dele?

– Estive nesse escritório – disse Holmes.

– Esteve, de fato? Se o senhor começou hoje pela manhã, não perde mesmo tempo no trabalho. Talvez o nosso querido Adelbert tenha encontrado um adversário à altura dessa vez. O escritório mais externo é aquele com as cerâmicas chinesas – no grande armário de vidro entre as janelas. Então, atrás da mesa dele, está a porta que dá acesso ao escritório interno – uma pequena sala onde ele mantém os documentos e outras coisas.

– Ele não tem medo de ladrões?

– Adelbert não é um covarde. Mesmo seu pior inimigo não poderia acusá-lo disso. Ele sabe cuidar de si mesmo. À noite, um alarme contra roubo é acionado. Além do mais, que há lá para um ladrão levar, a não ser toda aquela cerâmica sofisticada?

– Isso é ruim – disse Shinwell Johnson, com a voz confiante de um especialista. – Nenhum interceptador quer esse tipo de material, material que não pode ser vendido nem derretido.

– De acordo – disse Holmes. – Bem, agora, srta. Winter, se puder comparecer aqui amanhã às cinco da tarde, considerarei entrementes, se a sua sugestão de marcar um encontro pessoal com a noiva de Adelbert pode ser arranjada. Estou em grande dívida com a senhorita por sua cooperação. Não preciso dizer que meus clientes são generosos quanto ao...

– Não quero nada disso – vociferou a jovem mulher. – Não estou aqui pelo dinheiro. Deixe-me ver esse homem na lama, e todo o meu trabalho estará pago: chafurdando na lama e eu com os pés sobre sua cara maldita. Eis o meu preço. Estarei com o senhor amanhã ou qualquer outro dia, enquanto estiver na pista dele. Porky sempre sabe onde me encontrar.

Não vi Holmes novamente até a noite seguinte, quando jantamos mais uma vez no nosso restaurante na Strand. Deu de ombros quando lhe perguntei sobre o resultado do encontro. Então, contou-me a história que reproduzirei com minhas palavras. Seu estilo, ríspido e seco, precisa ser amaciado para se adequar aos padrões da realidade.

– Não houve nenhuma dificuldade de fato com o encontro – disse Holmes –, pois a garota faz questão de mostrar uma abjeta obediência filial em todas as coisas secundárias, como numa tentativa flagrante de amenizar a ferida provocada por seu noivado. O general telefonou dizendo que estava tudo pronto, e a furiosa srta. Winter apareceu na hora combinada. Assim, eram cinco e meia quando um tílburi nos deixou na frente do número 104, largo Berkeley, morada do velho soldado, um daqueles horripilantes e cinzentos castelos londrinos, que fazem uma igreja parecer um prédio simples. Um empregado nos conduziu até uma grande sala de visitas com cortinas amarelas, onde a filha do general nos aguardava. Ela era pálida, contida, recatada, inflexível e distante como a imagem da neve sobre uma montanha.

"Não sei muito bem como descrevê-la para você, Watson. Quem sabe possa conhecê-la antes de terminarmos o caso e então usar seu próprio dom com as palavras. Ela é linda, mas de uma beleza etérea, irreal, como se fosse o produto de algum fanático cujos pensamentos buscassem a elevação. Já vi rostos desse tipo nos quadros dos antigos mestres medievais. Não consigo imaginar como um monstro conseguiu pôr suas garras sobre tão transcendente criatura. Você deve ter percebido como se vai de um extremo a outro para denominá-los: do espiritual ao animal, do homem das cavernas ao anjo. Você nunca viu caso pior do que este.

"Ela sabia, evidentemente, o motivo da nossa visita. Aquele vilão não perdeu tempo em envenenar-lhe a mente contra nós. A presença da srta. Winter talvez a tenha surpreendido um pouco, eu acho, mas ela nos conduziu para nossas cadeiras como se fosse uma Madre Superiora recebendo dois mendigos leprosos. Se a sua cabeça tende a ficar quente, meu caro Watson, faça um curso com a srta. Violet de Merville.

'– Bem, senhor' – ela disse, numa voz que parecia o vento vindo de um iceberg –, 'seu nome me é familiar. Foi chamado, pelo que pude entender, para maldizer o meu noivo, o barão Gruner. É apenas por vontade do meu pai que os recebo e previamente os advirto de que nada do que disserem terá o mínimo efeito sobre a minha mente.'

"Fiquei triste por ela, Watson. Naquele momento, sua situação preocupava-me como se ela fosse a minha própria filha. Muitas vezes não sou eloqüente. Uso minha cabeça, não meu coração. Mas realmente argumentei com ela usando as palavras mais brandas de que minha natureza é capaz. Desenhei para ela o quadro da mulher que só descobre quem é seu marido quando já está casada, uma mulher que tem de submeter-se às carícias de mãos sanguinárias e de lábios luxuriosos. Não a poupei de nada: vergonha, medo, agonia, a completa falta de esperança dessa relação. Todo o calor das minhas palavras foi incapaz sequer de trazer um pingo de cor às suas faces de marfim, ou um brilho de emoção àqueles olhos abstratos. Entendi o que o salafrário quis dizer com influência pós-hipnótica. Qualquer um poderia acreditar que ela, de fato, estava vivendo acima da terra em algum sonho envolvente. Suas respostas, contudo, não eram nada vagas.

'– Escutei-o com paciência, sr. Holmes' – ela disse. – 'O efeito sobre minha mente já estava previsto. Estou ciente de que meu noivo, Adelbert, teve uma vida tumultuada, na qual conquistou amargas inimizades e as mais injustas difamações. O senhor é apenas o último da série dos que vieram caluniá-lo diante de mim. Possivelmente, o senhor acredite no que diz, embora eu saiba que é um agente contratado, que estaria igualmente bem-disposto se estivesse trabalhando para o barão ou contra ele. De qualquer maneira, gostaria que entendesse, de uma vez por todas, que eu o amo e ele me ama, e que a opinião do mundo inteiro não é mais do que o gorjeio daqueles passarinhos que estão no lado de fora da janela. Se a nobre natureza dele por algum instante fraquejou, pode ser que eu tenha sido enviada especialmente para erguê-lo à sua condição verdadeira e sublime. Só não entendo – aqui ela voltou os olhos para minha companheira – quem possa ser essa jovem que o acompanha.'

"Estava prestes a responder quando a srta. Winter rompeu como um tufão. Se você já viu chama e gelo face a face, eram essas duas mulheres.

'– Vou lhe dizer quem sou' – vociferou, saltando da cadeira, a boca contorcida pela fúria. – 'Sou a última amante que ele teve. Sou uma entre a centena que ele seduziu, usou, arruinou e jogou na cesta de lixo, assim como fará com a senhorita. Só que a *sua* cesta de lixo estará mais para sepultura, e talvez isso seja melhor. Estou lhe dizendo, mulher tola, se casar com ele, será o seu fim. Ele partirá o seu coração ou o seu pescoço, de um jeito ou de outro. Não é por compaixão que lhe falo. Não dou a mínima ao fato da senhorita viver ou morrer. É por odiá-lo, para humilhá-lo, para me vingar do que ele fez comigo que falo. No fim, porém, dá tudo na mesma, e não precisa me olhar desse jeito, minha belíssima, porque a senhorita poderá estar muito pior do que eu antes mesmo da história terminar.'

'– Prefiro não discutir esses assuntos' – disse a srta. De Merville friamente. – 'Deixe-me dizer, de modo definitivo, que estou avisada sobre três passagens da vida do meu noivo em que ele esteve envolvido com mulheres ardilosas e estou segura de seu arrependimento sincero por qualquer maldade que ele possa ter cometido.'

'– Três passagens!' – gritou a minha companheira. '– Sua idiota! Sua completa idiota!'

'– Sr. Holmes, peço que encerre esta entrevista' – ela disse, com a voz gelada. – 'Obedeci ao desejo de meu pai e o recebi, mas não estou disposta a ouvir os impropérios desta pessoa.'

"Com um praguejar, a srta. Winter se lançou para frente e, se eu não a tivesse agarrado pelo pulso, ela teria se grudado nos cabelos daquela mulher irritante. Arrastei-a até a porta e tive a sorte de conseguir colocá-la no interior do tílburi sem uma cena pública, uma vez que estava tomada de raiva. De um modo mais racional, eu também estava furioso, Watson. Havia alguma coisa indescritivelmente desagradável no calmo alheamento e na suprema autocomplacência da mulher que tentávamos salvar. Então, novamente, você sabe onde nós estamos, e está claro que tenho de encontrar um novo movimento de abertura, porque essa jogada não funcionou. Ficarei em contato, Watson, pois é evidente que você também faz parte do jogo, apesar de que é bem provável que o próximo movimento seja deles e não nosso."

E foi. O golpe deles veio – disse deles, mas creio que somente dele, pois jamais pude acreditar que sua noiva tivesse compactuado com tal ação. Penso que poderia mostrar ao leitor a exata pedra do pavimento sobre a qual permaneci quando meus olhos pousaram sobre a manchete, e um terror angustiante percorreu toda a minha alma. Foi entre o Grande Hotel e a estação Charing Cross, onde um vendedor perneta expõe os jornais vespertinos. A data era de dois dias depois da nossa última conversa. Lá, preto sobre o amarelo, estava a terrível notícia:

TENTATIVA
DE ASSASSINATO
CONTRA
SHERLOCK HOLMES

Devo ter ficado aturdido por alguns momentos. Veio-me, então, a lembrança confusa de ter agarrado o jornal, da reclamação do homem de que eu não tinha pagado, e, finalmente, de ter ficado parado na entrada de uma botica, enquanto voltava os meus olhos para o fatídico parágrafo. Eis o que dizia:

"É com profundo pesar que informamos que Sherlock Holmes, o renomado detetive particular, foi vítima nesta manhã de uma tentativa de assassinato que o deixou em situação delicada. Não há detalhes precisos à mão, mas parece que o fato ocorreu por volta do meio-dia, na rua Regent, em frente ao Café Royal. O ataque foi efetuado por dois homens com bengalas, e o sr. Holmes foi atacado no corpo e na cabeça, sofrendo ferimentos que os médicos classificaram como gravíssimos. Ele foi levado para o Hospital Charing Cross, insistindo, mais tarde, em ser conduzido para seus aposentos na Baker Street. Os bandidos que o atacaram aparentavam ser homens bem-vestidos, que escaparam dos espectadores atravessando o Café Royal e saindo na rua Glasshouse, que fica nos fundos. Não há dúvida de que eles pertencem à facção criminosa que vem encontrando com freqüência oportunidade de reclamar das atividades e da engenhosidade do homem ferido."

Não preciso dizer que meus olhos mal terminaram de ler o parágrafo e eu já estava me lançando num tílburi rumo à Baker Street. Encontrei *sir* Leslie Oakshott, o famoso cirurgião, no saguão; seu *brougham** o esperava junto ao cordão da calçada.

– Nenhum perigo imediato – ele reportou. – Duas feridas abertas e machucados consideráveis. Muitas suturas foram necessárias. Uma injeção de morfina foi aplicada, e repouso é fundamental; mas uma entrevista de alguns minutos não está totalmente vetada.

Com essa permissão, entrei furtivamente no quarto escuro. O enfermo estava bem acordado, e escutei meu nome num rouco sussurro. A persiana estava três quartos fechada, mas um raio de sol entrou pela fresta e incidiu sobre as bandagens que envolviam a cabeça do ferido. Uma mancha rubra, que parecia um remendo, perpassou as compressas de algodão. Sentei ao lado dele e curvei a minha cabeça.

– Está tudo bem, Watson, não fique tão assustado – ele balbuciou, numa voz muito fraca. – Não é tão terrível quanto parece.

– Graças a Deus!

– Sou um especialista em luta com bastão, como você sabe. Consegui me defender da maioria dos golpes. O segundo homem é que foi demais para mim.

– O que posso fazer, Holmes? É evidente que foi aquele maldito sujeito quem armou tudo. Com uma palavra sua, vou lá e faço picadinho dele.

– Bom e velho Watson! Não, nós não podemos fazer nada até que a polícia ponha as mãos nos ho-

---

* *Brougham*: espécie de carro puxado por quatro cavalos. (N. do T.)

mens. A fuga deles, contudo, foi muito bem planejada. Temos que nos certificar claramente disso. Espere um pouco. Tenho os meus planos. A primeira coisa a fazer é exagerar os meus ferimentos. Eles virão até você em busca de notícias. Faça um drama, Watson. Diga que será uma sorte se eu passar desta semana, que fraturei o crânio, que estou delirando, o que você quiser! O céu é o limite.

– Mas e *sir* Leslie Oakshott?

– Oh, com ele está tudo certo. Verá o acontecido pelo pior lado. Vou cuidar para que isso aconteça.

– Mais alguma coisa?

– Sim. Avise Shinwell Johnson para dar um sumiço na garota. Aqueles "bonitões" irão atrás dela agora. Eles sabem, é claro, que ela estava no caso junto comigo. Se tiveram coragem de fazer isso comigo, certamente não vão deixá-la passar incólume. Isso é urgente. Faça-o esta noite.

– Irei agora. Algo mais?

– Ponha o meu cachimbo sobre a mesa, e a tabaqueira. Certo! Venha a cada manhã para planejarmos a nossa campanha.

Acertei com Johnson para que naquela noite ele levasse a srta. Winter para um subúrbio tranqüilo e se certificasse de que ela ficaria escondida até o perigo passar.

Durante seis dias as pessoas estiveram na iminência da morte de Holmes. Os boletins eram extremamente soturnos, e os jornais publicavam parágrafos alarmantes. Minhas constantes visitas garantiam-me de que as coisas não iam tão mal assim. Sua constituição maleável e sua força de vontade estavam operando maravilhas. Sua recuperação era rápida, e eu suspeitava, de vez em quando, que ele estava melhorando num ritmo mais rápido do que aparentava, mesmo para mim. Havia uma particularidade curiosa e secreta nesse homem que o levava a muitos efeitos dramáticos, mas que deixava inclusive seu amigo mais próximo imaginando quais eram exatamente seus planos. Ele levou ao extremo o axioma de que o único conspirador seguro era ele, que conspirava sozinho. Ninguém estava mais próximo dele do que eu, e, ainda assim, sempre tive consciência do abismo que nos separava.

No sétimo dia, os pontos foram tirados, apesar de os boletins nos jornais vespertinos anunciarem graves infecções. Os mesmos jornais traziam um anúncio que me coube, bem ou mal, levar a meu amigo. Dizia simplesmente que entre os passageiros do barco da Cunard, o *Ruritania*, programado para deixar Liverpool na sexta-feira, figurava o nome do barão Adelbert Gruner, que tinha importantes negócios a tratar nos Estados Unidos antes do seu iminente casamento com a srta. Violet de Merville, filha do... etc., etc., etc. Holmes recebeu a notícia com um olhar concentrado e frio no rosto pálido, o que me indicou que ele havia sofrido um duro golpe.

– Sexta-feira – exclamou. – Apenas três dias. Creio que o salafrário quer se colocar fora de perigo. Mas não vai escapar, Watson! Por Lorde Harry que não vai! Agora, Watson, preciso que você faça algo por mim.

– Estou aqui para servi-lo, Holmes.

– Bem, então passe as próximas 24 horas num estudo intensivo de cerâmica chinesa.

Não me deu explicações, e também não as pedi. Por longa experiência, eu tinha aprendido a sabedoria da obediência. Ao deixar o seu quarto e à medida que caminhava pela Baker Street, porém, fiquei pensando em como iria executar aquela ordem tão estranha que parecia vinda de outro planeta. Finalmente, me dirigi à Biblioteca de Londres, no largo St. James, e expus o assunto ao meu amigo Lomax, o sub-bibliotecário. Parti para meus aposentos com um substancioso livro debaixo do braço.

Diz-se que um advogado que estuda detalhadamente e com cuidado um caso para interrogar uma testemunha hábil na segunda-feira já esqueceu todo o conhecimento que adquiriu forçosamente no sábado seguinte. Certamente, eu não gostaria de posar agora como uma autoridade em cerâmicas. No entanto, durante toda aquela tarde, durante a noite – com um curto intervalo para descansar – e na manhã seguinte, passei sorvendo conhecimentos e guardando nomes na memória. No livro, aprendi sobre as características distintivas dos grandes artistas-decoradores, sobre o mistério dos calendários cíclicos, as características do Tang-ying, e as glórias do período primitivo de Sung e Yuan. Estava carregado de todas essas informações quando fui me encontrar com Holmes à noite. Ele já estava fora da cama, apesar de isso ser algo inimaginável, para quem estivesse acompanhando as reportagens publicadas. Sentou-se confortavelmente na sua poltrona favorita, apoiando a cabeça cheia de bandagens sobre uma das mãos.

– Mas, Holmes – eu disse –, quem lê os jornais pensa que você está à beira da morte.

– Esta – ele replicou – é justamente a impressão que eu quis passar. E então, Watson, aprendeu suas lições?

– Pelo menos tentei.

– Bom. É capaz de manter uma conversa inteligente sobre o assunto?

– Creio que sim.

– Pois me alcance aquela caixinha que está junto à chaminé da lareira.

Abriu a tampa e tirou de dentro um pequeno objeto cuidadosamente embrulhado em uma magnífica seda oriental, que ele foi abrindo até revelar um pires pequeno e delicado do mais lindo e profundo azul.

– É preciso cuidado no manuseio, Watson. Trata-se de uma autêntica cerâmica casca de ovo da dinastia Ming. Nenhuma peça com requinte superior já passou pela Christie's*. O jogo completo desta coleção valeria o preço do resgate de um rei – de fato, é bem pouco provável que haja um jogo completo fora do palácio imperial de Pequim. A visão deste pires deixaria um "conhecedor" maluco.

– O que devo fazer com ele?

Holmes me alcançou um cartão onde estava impresso:

"Dr. Hill Barton, rua Half Moon, 369".

– Este é o seu nome para a noite, Watson. Você procurará o barão Gruner. Conheço um pouco dos seus hábitos, e, às oito e meia, ele provavelmente já estará livre. Uma nota prévia avisará da sua visita, quando você dirá que está levando até ele uma amostra de um conjunto absolutamente único da dinastia Ming. Não há problema em você se fazer passar por médico, já que é um papel que pode desempenhar sem duplicidade. Você é um colecionador, este jogo apareceu no seu caminho, você ouviu falar do interesse do barão no assunto e não tem qualquer aversão a vendê-lo por um determinado preço.

– Que preço?

---

* Famosa e mais tradicional casa britânica de leilões, fundada em 1766 por James Christie. (N. do T.)

– Boa pergunta, Watson. Você na certa faria feio se não soubesse o valor de suas próprias posses. *Sir* James foi quem me trouxe o pires, que vem, com certeza, da coleção do seu cliente. Não haverá nenhum exagero se você disser que não há nada semelhante no mundo.

– E se eu dissesse que o valor poderia ser avaliado por um especialista?

– Excelente, Watson! Hoje você está brilhante. Sugira a Christie ou a Sotheby. Sua delicadeza impede que você mesmo faça o preço.

– Mas e se ele não quiser me receber?

– Oh, não se preocupe, ele o receberá. Trata-se de um maníaco por coleções na sua forma mais avançada (especialmente nesse tipo de coleção em que ele é uma autoridade reconhecida). Sente-se, Watson, e eu ditarei a carta. Nenhuma resposta é necessária. Você apenas dirá que está a caminho e o porquê da visita.

Ficou um documento admirável: conciso, cortês e estimulante à curiosidade de um conhecedor. Um mensageiro distrital levou-o a tempo. Na mesma noite, com o precioso pires na mão e um cartão do dr. Hill Barton no bolso, ingressei na minha própria aventura.

A beleza da casa e das cercanias indicava que o barão era, como *sir* James havia dito, um sujeito bem remediado. Uma pista ampla e longa, envolta em ambos os lados por conjuntos de raros arbustos, abria-se num grande largo pavimentado com seixos e adornado por estátuas. O lugar havia sido construído por um magnata do ouro da África do Sul à época do grande *boom*. A casa, longa e baixa, com suas torres nos cantos, quiçá um pesadelo arquitetônico, era imponente por seu tamanho e solidez. Um mordomo, que poderia, que faria bonita figura em uma bancada de bispos, levou-me até um criado coberto de veludo, que me conduziu à presença do barão.

Ele estava parado em frente a um grande armário que ficava entre as janelas e que continha parte de sua coleção chinesa. Quando entrei, voltou-se com um pequeno vaso marrom na mão.

– Queira sentar-se, dr. – ele disse. – Estava olhando para os meus próprios tesouros e me perguntando se realmente posso fazer uma oferta para aumentar minha coleção. Este é um pequeno exemplar Tang, que data do século 7. Provavelmente possa interessá-lo. Tenho certeza de que nunca viu acabamento humano mais sofisticado ou brilho mais rico. O senhor trouxe o pires Ming de que falou?

Desempacotei-o cuidadosamente e lhe entreguei. Ele sentou-se à mesa, aproximou a lâmpada, porque estava ficando escuro, e passou a examiná-lo. Enquanto fazia isso, a luz amarelada incidiu sobre o seu rosto, possibilitando-me que o estudasse à vontade.

Ele era, certamente, um homem de uma beleza digna de nota. A fama que conquistara na Europa fora devidamente merecida. Seu porte não ultrapassava o mediano, mas era constituído por linhas definidas e graciosas. Seu rosto era moreno, quase oriental, com olhos grandes, lânguidos e negros, que facilmente exerceriam irresistível fascinação sobre as mulheres. O cabelo e o bigode eram escuros como piche, sendo o último curto, delineado e engomado com cuidado. Seus traços eram regulares e agradáveis, com exceção talvez de sua boca de lábios finos. Se alguma vez já vi a boca de um assassino – um rasgo duro e cruel na face, comprimido, inexorável e terrível –, lá estava ela. Ele foi mal aconselhado a manter o traçado do bigode longe dela, pois ali estava um sinal de perigo posto pela natureza, posto como aviso para suas vítimas. Sua voz era sedutora; suas maneiras, perfeitas. Quanto à idade, diria que passava um pouquinho dos trinta, embora os registros mostrassem mais tarde que ele tinha 42 anos.

– Maravilhoso, maravilhoso mesmo! – ele disse, finalmente. – E o senhor falou que possui um jogo correspondente com seis peças. O que me incomoda é nunca ter ouvido falar desses artigos tão magníficos. Conheço apenas uma peça na Inglaterra que poderia ser comparada a esta, mas certamente não está no mercado. Seria indiscrição da minha parte, dr. Hill Barton, perguntar como a obteve?

– Isto é realmente importante? – perguntei, com o ar mais despreocupado que pude aparentar. – O senhor pode ver que a peça é genuína e, quanto ao valor, aceito a avaliação de um especialista.

– Muito misterioso – ele disse, com um brilho rápido e suspeito nos olhos negros. – Ao lidar com objetos de tamanho valor, é natural que o negociante queira saber todos os detalhes da transação. Que a peça é genuína é garantido. Não tenho nenhuma dúvida a este respeito. Mas suponha (estou levando em conta todas as possibilidades) que se revele posteriormente que o senhor não tem o direito de vendê-la?

– Posso lhe garantir que não haverá qualquer reclamação dessa espécie.

– Isto, obviamente, levaria a questão para: qual a validade da sua garantia?

– Deixe que meus banqueiros respondam.

– De acordo. Ainda assim, toda essa transação me parece um tanto incomum.

– Ou o senhor está dentro, ou está fora do negócio – eu disse, com indiferença. – Vim lhe oferecer em primeira mão porque sei que é um conhecedor. Creio, contudo, que não terei nenhuma dificuldade em outras praças.

– Quem lhe disse que eu era um conhecedor?

– Fiquei sabendo que escreveu um livro sobre o assunto.

– O senhor leu?

– Não.

– Minha nossa, está ficando cada vez mais difícil de entender! Diz-se um conhecedor e um colecionador, possui um item valiosíssimo na sua coleção. No entanto, nunca se deu o trabalho de consultar o único livro que poderia lhe informar sobre o real significado e o valor do que tem em mãos. Como explica isso?

– Sou um homem muito ocupado. Sou um médico em atividade.

– Isto não é resposta. Se um homem tem um *hobby* ao qual ele se dedica, o resto de suas atividades não importa. O senhor disse no bilhete que era um conhecedor.

– E sou.

– Posso fazer algumas perguntas para testá-lo? Sou obrigado a lhe dizer, doutor (se é de fato um doutor), que o incidente está se tornando cada vez mais suspeito. Perguntarei o que o senhor sabe a respeito do imperador Shomu e como o associa com o Shosoin*, próximo de Nara? Minha nossa, isto o deixa confuso? Fale-me um pouco sobre a dinastia Wei do norte e o papel que representou na história das cerâmicas.

Saltei da minha cadeira com uma raiva simulada.

– Isto é inaceitável, senhor – eu disse. – Vim aqui para lhe prestar um favor e não para ser sabatinado

* Shosoin: um repositório imperial construído no século 17 para guardar relíquias asiáticas de várias épocas. (N.do T.)

como se fosse um moleque em idade escolar. Meu conhecimento nesses assuntos só perde para os seus, mas certamente não responderei a perguntas formuladas num tom tão ofensivo.

Ele olhou-me fixamente. A languidez se extinguiu de seus olhos. Subitamente, eles cintilaram. Veio o fulgor dos dentes entre aqueles lábios cruéis.

– Que jogada é essa? O senhor está aqui como espião. É um emissário do Holmes. E está me aplicando um golpe. Ouço dizer que o sujeito está morrendo e eis que ele manda um dos seus para me vigiar. O senhor deu um jeito de entrar aqui sem permissão, e por Deus!, vai descobrir que é ainda mais difícil de sair.

Ele ficou de pé, e eu recuei, armando minha guarda na espera de um ataque, porque o homem estava fora de si. Deve ter suspeitado de mim desde o princípio. O interrogatório apenas lhe revelou a verdade, pois era certo que eu não conseguiria enganá-lo. Ele mergulhou a mão numa gaveta e vasculhou furiosamente. Então alguma coisa estalou perto do seu ouvido, e ele permaneceu atento ao ruído.

– Ah! – ele gritou. – Ah! – e invadiu a sala que ficava às suas costas.

Dois passos me levaram até a porta aberta, e minha mente carregará para sempre a imagem clara da cena que se desenrolava lá dentro. A janela que dava para o jardim estava totalmente escancarada. Ao lado dela, mais parecendo um terrível fantasma, a cabeça envolta em sanguinolentas bandagens, a face emaciada e branca, estava Holmes. No instante seguinte, ele estava cruzando pela abertura, e pude ouvir o impacto do corpo dele contra os arbustos de louro do lado de fora. Com um uivo de fúria, o dono da casa correu no seu encalço até a janela aberta.

E então! Foi apenas um instante, mas ainda posso vê-lo. Um braço – um braço de mulher – atirou algo do meio das folhagens. No mesmo momento, o barão emitiu um lamento pavoroso – um grito que permanecerá pela eternidade ecoando em minha memória. Ele levou as duas mãos às faces e começou a correr ao redor da sala, batendo a cabeça de modo tenebroso contra as paredes. Então caiu sobre o tapete, rolando e se contorcendo, enquanto seus gritos, um após o outro, reverberavam pela casa.

– Água, pelo amor de Deus, água! – ele gritava.

Apanhei uma jarra de uma mesinha e corri em seu socorro. No mesmo instante vieram apressados do saguão o mordomo e o empregado. Lembro que um deles desmaiou quando me ajoelhei junto ao ferido e iluminei-lhe a face horrenda. O ácido sulfúrico estava comendo tudo, pingando pelas orelhas e pelo queixo. Um dos olhos já estava vazado e fixo; o outro, vermelho e inflamado. Os traços, que há alguns minutos eu havia admirado, agora lembravam uma bela pintura sobre a qual um artista tivesse passado uma esponja úmida e imunda: estavam borrados, descoloridos, inumanos, terríveis.

Em poucas palavras, expliquei exatamente o que havia ocorrido, pelo menos no que dizia respeito ao ataque com o ácido. Alguém havia subido através da janela e outros haviam corrido pelo gramado, mas estava escuro e começava a chover. Em meio aos gritos, a vítima se enfurecia e vociferava contra o seu vingador.

– Foi aquela criatura infernal, Kitty Winter! – ele exclamou. – Oh, a diaba! Ela pagará por isso! Ela pagará! Oh, Deus do céu, essa dor é mais do que posso suportar!

Lavei-lhe o rosto com óleo, apliquei bandagens

de algodão na carne viva e administrei uma injeção subcutânea de morfina. Toda suspeita que levantara contra mim havia sido varrida de sua cabeça em função do choque. Agarrou-se às minhas mãos como se eu ainda fosse capaz de devolver a visão àqueles olhos de peixe morto cravados em mim. Eu poderia ter me sensibilizado com sua desgraça, caso não lembrasse claramente da vida criminosa que ocasionara tão horrenda mudança. Era repugnante sentir a aspereza de suas mãos queimadas; senti-me aliviado quando o médico da família, seguido por um especialista, chegou para se ocupar do meu fardo. Um inspetor de polícia também veio, e para ele entreguei meu cartão verdadeiro. Seria uma tolice sem sentido apresentar o falso, pois eu era quase tão conhecido de vista na Yard quanto Holmes. Em seguida, deixei aquela casa de tristeza e horror. Uma hora depois, eu chegava na Baker Street.

Holmes estava sentado na sua poltrona de estimação, pálido e exausto. Mesmo sem levar em conta seus ferimentos, seus nervos de aço haviam sido afetados pelos eventos da noite, e ele ouviu horrorizado o que eu tinha a dizer sobre a transformação do barão.

– As recompensas do pecado, Watson, as recompensas do pecado! – ele disse. – Cedo ou tarde elas vêm. Deus sabe, havia pecado demais – adicionou, pegando um volume marrom que estava sobre a mesa. – Aqui está o livro do qual a srta. Winter falou. Se isto não acabar com o casamento, nada mais o fará. Mas acabará, Watson. Precisa. Nenhuma mulher que se preze poderia suportar tamanha infâmia.

– É o seu diário amoroso?

– Ou luxurioso. Chame como quiser. No instante em que nossa colaboradora nos falou sobre ele, percebi que se tratava de uma arma tremenda, se pudéssemos tê-lo em mãos. Não disse nada na ocasião que revelasse meus pensamentos, pois a mulher poderia pôr tudo a perder. Contudo, fiquei meditando. Então o ataque que sofri ofereceu-me a chance de deixar o barão pensar que não precisava mais se precaver contra mim. Tudo veio a calhar. Ia esperar um pouco mais, mas a ida dele à América forçou-me a agir. Ele jamais deixaria uma prova tão comprometedora para trás. Assim, precisávamos entrar em ação de uma vez. Roubá-lo à noite seria impossível. Ele toma precauções. Havia uma chance, porém, ao anoitecer, se eu pudesse garantir que sua atenção fosse desviada. Foi aí que entraram em cena você e o seu pires azul. Mas eu precisava ter certeza sobre a localização do livro e sabia que meu tempo era escasso, tão escasso como os seus conhecimentos sobre cerâmica chinesa. Por isso, no último momento, chamei a garota. Como eu poderia supor o que continha o pequeno embrulho que ela carregava com tanto cuidado debaixo da capa? Pensei que tivéssemos o mesmo interesse, mas parece que ela tinha outro em particular.

– Ele adivinhou que você tinha me mandado.

– Eu temia que isso fosse acontecer. Mas você o entreteve por tempo suficiente para que eu pegasse o livro, embora não o suficiente para uma fuga perfeita. Ah, *sir* James, fico muito satisfeito que tenha vindo!

Nosso amigo cortês veio em resposta a um chamado prévio. Ouviu com profunda atenção o relato de Holmes sobre o ocorrido.

– Os senhores fizeram maravilhas... maravilhas! – ele exclamou, ao término da narrativa. – Mas se as lesões são tão terríveis como o dr. Watson as descreveu, certamente nosso propósito de impedir o casamento já tem elementos suficientes, dispensando inclusive o uso deste livro horripilante.

Holmes balançou a cabeça.

– Mulheres como De Merville não agem desta maneira. Ela será capaz de amá-lo ainda mais como um mártir desfigurado. Não, não. É o lado moral e não o físico que devemos destruir. O livro vai trazê-la de volta à Terra, somente essas páginas podem fazê-lo. Foram escritas com o próprio punho dele. Não há como ela negar.

Sir James levou tanto o livro quanto o pires precioso. Como eu estava atrasado, saí com ele, ganhando a rua. Um *brougham* o aguardava. Entrou, deu uma ordem rápida para um cocheiro de libré, que partiu velozmente. Ele pôs uma parte do sobretudo para fora da janela como que para cobrir o brasão gravado do lado de fora da porta, mas eu já o havia visto perfeitamente graças ao brilho da luminária de nosso letreiro. Fiquei boquiaberto de surpresa. Dei meia-volta e subi as escadas até os aposentos de Holmes.

– Descobri quem é nosso cliente – exclamei, incapaz de guardar a grande nova. Imagine, Holmes, que se trata de...

– Um amigo leal e um perfeito cavalheiro – disse Holmes, fazendo um gesto com a mão como que para pedir silêncio. – E que isso baste para nós, agora e para sempre.

Não sei como o livro com as provas do crime foi usado. *Sir* James deve ter tomado as providências. Ou é mais provável que tarefa tão delicada tenha sido entregue ao pai da jovem dama. O efeito, de qualquer modo, foi o que se poderia desejar. Três dias mais tarde uma nota no jornal *The morning post* dava conta de que o casamento entre o barão Adelbert Gruner e a srta. Violet de Merville não iria mais acontecer. O mesmo jornal trazia a primeira audiência do processo contra a srta. Kitty Winter, no qual sofria a grave acusação de ter jogado ácido sulfúrico no barão. Durante o julgamento, porém, apareceram circunstâncias atenuantes, fazendo com que a sentença, que não será esquecida, fosse a mais branda possível para tal crime. Sherlock Holmes teve que responder a um processo por furto, mas quando o fim é bom e o cliente suficientemente ilustre, mesmo as rígidas leis britânicas tornam-se humanas e flexíveis. Meu amigo até hoje não foi levado ao banco dos réus.

A AVENTURA DO SOLDADO LÍVIDO

As idéias do meu amigo Watson, embora limitadas, são extremamente pertinentes. Por um longo tempo ele insistiu para que eu escrevesse sobre uma experiência particular. Quem sabe, eu tenha mesmo estimulado essa cobrança da parte dele, visto que, por diversas ocasiões, fiz questão de mostrar como eram superficiais os seus apontamentos, além de acusá-lo de flertar com o gosto popular em vez de ater-se exclusivamente aos fatos e às pessoas. "Faça você mesmo, Holmes!", ele retorquiu, e estou compelido a admitir que, tendo pegado da pena, começo a perceber que o assunto deve ser apresentado de um modo que agrade ao leitor. O caso seguinte dificilmente fracassará nesse intento, pois está entre os mais estranhos da minha carreira, mesmo que haja uma boa chance de Watson não ter qualquer nota a respeito dele na sua coleção. Falando do meu velho amigo e biógrafo, aproveito a oportunidade para registrar que, se me deixo acompanhar nos meus vários e pequenos inquéritos, não o faço por um sentimento de capricho, mas porque Watson tem notáveis habilidades próprias, as quais, na sua modéstia, faz questão de menosprezar, estimando com exagero as minhas realizações. Um aliado que prevê suas conclusões e o caminho a ser seguido é sempre perigoso. Mas um que recebe cada passo seguinte com perpétua surpresa, para quem o futuro é sempre um livro fechado, é, de fato, um ajudante ideal.

Encontro no meu livro de anotações que foi em janeiro de 1903, logo após a conclusão da Guerra dos Boers*, que recebi a visita do sr. James M. Dodd, um enorme e respeitável bretão, jovial e queimado de sol. O bom Watson havia me abandonado em função da esposa, a única ação egoísta de que posso me lembrar durante nossa associação. Eu estava sozinho.

Tinha por hábito me sentar de costas para a janela e receber meus visitantes na cadeira oposta, onde pudessem receber a luz diretamente sobre eles. O sr. James M. Dodd parecia estar passando por algum tipo de dificuldade para dar início à entrevista. Não tentei ajudá-lo, porque seu silêncio me dava mais tempo para que o observasse. Descobri que era uma boa idéia impressionar a clientela com um senso de poder; assim, ofereci-lhe algumas das minhas conclusões.

– Percebo que o senhor vem da África do Sul.

– Sim, senhor – respondeu, um pouco surpreso.

– Cavalaria** imperial, suponho.

– Exatamente.

– Do corpo de Middlesex, sem dúvida.

– Na mosca. sr. Holmes, o senhor é um mágico.

Sorri diante de sua expressão confusa.

– Quando um cavalheiro de aparência viril entra na minha sala, com um bronzeado que o sol britânico jamais poderia produzir e com um lenço na manga e não no bolso, não é difícil determinar sua procedência. O senhor usa uma barba curta, o que demonstra

---

* Guerra entre os ingleses e os nativos de origem holandesa na África do Sul, tendo como real motivo a disputa das minas de ouro e diamantes ali existentes. Estendeu-se de 1899 a 1902. (N. do T.)

** *Yeomanry* no original. Espécie de grupo de cavalaria formado por voluntários oriundos da classe média ou das famílias de pequenos proprietários rurais. (N. do T.)

que não é um soldado regular e sim um cavaleiro. Quanto a Middlesex, seu cartão já me revelou que é um corretor da rua Throgmorton. Em que outro regimento poderia se alistar?

– Nada lhe escapa.

– Não vejo nada além do que o senhor vê. Apenas me condicionei a reparar em tudo o que vejo. Contudo, sr. Dodd, não foi para discutir a ciência da observação que veio me visitar esta manhã. O que está acontecendo em Tuxbury Old Park?

– Sr. Holmes!...

– Meu caro senhor, não há nenhum mistério. O cabeçalho da sua carta trazia essa informação, e como o senhor marcou esta entrevista com urgência, estava claro que alguma coisa súbita e importante tinha acontecido.

– Sim, de fato. Mas a carta foi escrita à tarde e, desde lá, muito mais coisas aconteceram. Se o coronel Emsworth não tivesse me expulsado...

– Expulsado?

– Bem, foi onde as coisas chegaram. O coronel Emsworth tem o pavio curto. O maior disciplinador do exército na atualidade. Eu não teria conseguido agüentar o coronel se não fosse pelo bem de Godfrey.

Acendi meu cachimbo e me recostei na poltrona.

– Talvez o senhor deva me explicar sobre o que está falando.

Meu cliente sorriu maliciosamente.

– Seguia pelo caminho de supor que o senhor sabia tudo sem precisar que eu contasse – ele disse. – Mas lhe relatarei os fatos e espero, por Deus, que possa me ajudar a entendê-los. Passei a noite inteira acordado, revirando meu cérebro. E quanto mais eu penso no assunto, mais ele se torna absurdo.

– Quando me alistei, em janeiro de 1901 – apenas dois anos atrás – o jovem Godfrey Emsworth uniu-se ao mesmo esquadrão. Ele era o filho único do coronel Emsworth – o V.C.* da Criméia – e em suas veias corria o sangue da batalha, não sendo surpresa alguma que tenha se apresentado como voluntário. Não havia nenhum rapaz mais qualificado do que ele no regimento. Formamos um estreito laço de amizade – o tipo de amizade que apenas pode existir entre aqueles que vivem a mesma vida e dividem as mesmas alegrias e tristezas. Ele era meu camarada – e isso significa muito no exército. Agüentamos juntos as agruras e as calmarias durante um ano de combates encarniçados. Então ele levou um tiro de rifle numa ação perto da colina Diamond, fora de Pretória. Recebi uma carta do hospital da Cidade do Cabo e outra de Southampton. Desde então, nenhuma palavra do meu amigo mais íntimo – nem ao menos uma, sr. Holmes, durante mais de seis meses.

"Bem, quando a guerra acabou, e todos nós voltamos, escrevi para seu pai e perguntei onde Godfrey estava. Nenhuma resposta. Esperei um tempo e voltei a escrever. Dessa vez, obtive uma resposta curta e grosseira. Godfrey havia saído numa viagem pelo mundo e era pouco provável que voltasse antes de um ano. E foi tudo.

"Não me dei por satisfeito, sr. Holmes. A coisa toda me parecia muito pouco natural. Ele era um ótimo rapaz e não abandonaria um camarada dessa maneira. Não era do seu feitio. Fiquei sabendo então que ele era herdeiro de uma grande fortuna e que tinha com o pai continuados problemas de relacionamento. O velho algumas vezes era cruel, e o jovem Godfrey precisava de muito estômago para aturá-lo. Não, não me dei por satisfeito e tomei a decisão de chegar à raiz da questão.

---

* *Victoria Cross*. Alta condecoração por glórias militares. (N. do T.)

Aconteceu, porém, que meus assuntos particulares estavam muito atrasados e desorganizados após dois anos de ausência. Somente nesta semana, pude retornar ao caso do Godfrey. Mas desde que voltei a me ocupar dele, dispus-me exclusivamente a passá-lo a limpo."

O sr. James M. Dodd era o tipo de sujeito que é melhor mil vezes ter como amigo do que como inimigo. Seus olhos azuis eram severos, e ele apertava com força o maxilar quadrado ao falar.

– Bem, o que o senhor fez? – perguntei.

– Meu primeiro passo foi ir até a casa dele em Tuxbury Old Park, perto de Bedford, e ver pessoalmente em que pé as coisas estavam. Escrevi para a mãe, pois já tinha recebido o suficiente do pai ranzinza, e parti para um ataque frontal: Godfrey era meu amigo e eu tinha todo o interesse de contar a ela as nossas experiências em comum. Eu disse que estaria na vizinhança, se não houvesse objeção à visita, etc. Obtive uma resposta muito amável, convidando-me inclusive para passar a noite. Foi o que me levou até lá na segunda-feira.

"Tuxbury Old Hall é inacessível – fica a oito quilômetros de qualquer lugar. Não havia nenhuma condução na estação, assim tive que ir caminhando, carregando minha mala, e estava quase escurecendo na hora em que cheguei. Era uma casa grande e irregular, situada em um parque considerável. Diria que era uma mistura de diferentes épocas e estilos, partindo das vigas elizabetanas de madeira e terminando em um pórtico vitoriano. Por dentro, as paredes eram cobertas por frisos, muita tapeçaria e velhos quadros desgastados, uma casa de sombras e mistério. Havia um mordomo, o velho Ralph, que parecia ter a mesma idade da casa, e, além disso, sua esposa, que devia ser ainda mais velha. Ela tinha sido babá de Godfrey, e eu o ouvira falar dela como a pessoa por quem tinha maior afeição depois da mãe. Foi o que me fez gostar dela, apesar de sua aparência esquisita. Também gostei da mãe – uma mulher pequena e gentil, pálida e tímida. Foi só o coronel mesmo que não pude suportar.

"Tivemos uma espécie de desavença logo de saída, e eu deveria ter retornado à estação, caso não sentisse que era justamente o que ele queria que eu fizesse. Fui introduzido diretamente em seu escritório e lá o encontrei, sentado à mesa: um homem imenso com as costas curvadas, a pele escurecida, usando uma barba rala e grisalha. Um nariz vermelho e cheio de veias irrompia de seu rosto como um bico de abutre, dois olhos cinzentos, abaixo das bastas sobrancelhas, miravam-me com fúria. Agora eu entendia com clareza por que Godfrey raramente falava do pai.

'– Então, senhor' – ele disse com uma voz rouca. '– Gostaria de saber as reais intenções de sua visita.'

"Respondi que havia dado as minhas razões na carta endereçada à sua mulher.

'– Sim, sim. Disse que conheceu o Godfrey na África. Só temos, é claro, sua palavra como garantia.'

'– Trago as cartas que ele me enviou no bolso.'

'– Faça o favor de me deixar vê-las.'

"Passou os olhos pelas duas que lhe entreguei e então as jogou de volta.

'– Tudo bem, e daí?' – ele perguntou.

'– Admiro o seu filho profundamente, senhor. Muitos laços e memórias nos unem. Não parece natural que eu me pergunte sobre o seu silêncio repentino e queira saber o que é feito dele?'

'– Lembro vagamente de já ter me correspondido com o senhor, dizendo por onde ele andava. Saiu numa viagem pelo mundo. Sua saúde ficou bastante prejudicada após as experiências na África. Tanto eu quanto a mãe dele fomos da opinião de que ele precisava descansar e mudar de ares. Tenha a bondade de passar esta informação a quaisquer outros amigos que estejam interessados no assunto.'

'– Certamente' – respondi. – 'Contudo, talvez o senhor teria a bondade de me dizer o nome do barco no qual ele viaja ou o trajeto que está fazendo, junto com a data. Tenho certeza de que conseguirei fazer com que uma carta chegue até ele.'

"Meu pedido pareceu ao mesmo tempo confundir e irritar o meu anfitrião. Cerrou suas grandes sobrancelhas e começou a tamborilar impacientemente os dedos sobre a mesa. Por fim, adotou o ar de alguém que visse seu adversário fazer um movimento ameaçador no xadrez e procurasse um modo de enfrentá-lo.

'– Muitas pessoas, sr. Dodd, poderiam se ofender com essa sua obstinação infernal, considerando que tamanha insistência já tivessem chegado ao ponto de se transformar em condenável impertinência' – ele disse.

'– Não encare dessa maneira, senhor. Ela é fruto da grande amizade que voto a seu filho.'

'– Exatamente. Fiz todas as concessões possíveis justamente por levar isso em consideração. Entretanto, devo lhe pedir para que pare com essas indagações. Toda família tem seus assuntos íntimos e seus motivos particulares que nem sempre podem ser expostos a alguém de fora, mesmo que seja alguém bem-intencionado. O senhor está em posição de falar alguma coisa sobre o passado de Godfrey, algo que minha mulher está ansiosa por ouvir. Mas serei obrigado a pedir que deixe o presente e o futuro de lado. Tais indagações são inúteis, senhor, e nos deixam em uma situação delicada e embaraçosa.'

"Assim cheguei a um beco sem saída, sr. Holmes. Não havia por onde passar. Restou-me apenas fingir aceitar a situação, jurando internamente que jamais descansaria enquanto o destino do meu amigo não fosse esclarecido. Foi uma noite enfadonha. Jantamos tranqüilamente, nós três, numa sala lúgubre e desbotada. A dama perguntava-me a todo momento sobre o filho, mas o velho parecia incomodado e deprimido. Eu estava tão chateado com tudo o que acontecera que aguardei apenas o tempo suficiente para que não parecesse uma descortesia da minha parte e arrumei uma desculpa, retirando-me para o quarto.

Era uma peça ampla e simples, no andar térreo, sombria como o resto da casa; mas depois de um ano dormindo sobre o *veldt**, sr. Holmes, um sujeito se torna pouco exigente em relação a alojamentos. Abri as cortinas e olhei para o jardim, percebendo que era uma bela noite com uma brilhante lua crescente. Então me sentei junto ao fogo crepitante, à luz da lâmpada sobre a mesa a meu lado, empenhando-me em distrair a cabeça com um romance. Fui interrompido, contudo, por Ralph, o velho mordomo, que veio com um novo suprimento de carvão.

'– Imaginei que poderia faltar no meio da noite, senhor. O tempo está terrível e estes quartos são gelados.'

"Ficou hesitante antes de deixar o quarto, e quando olhei de volta, ele estava me encarando com um olhar ansioso em seu rosto enrugado.

'– Desculpe-me, senhor, mas não pude deixar de ouvir o que disse sobre o jovem mestre Godfrey durante o jantar. O senhor sabe que minha esposa serviu-lhe de ama-de-leite; desse modo, posso dizer que sou para

* Planície gramada da África do Sul. (N. do T.)

ele uma espécie de pai de criação. É natural que nos preocupemos. E o senhor diz que ele se comportou bem?'

'– O homem mais valente do regimento. Ele me salvou uma vez do fogo cerrado dos rifles dos Boers. Caso contrário, eu nem estaria aqui.'

"O velho mordomo esfregou as mãos magras.

'– Sim, senhor, sim, este é o verdadeiro mestre Godfrey. Sempre foi corajoso. Não há nenhuma árvore no parque que ele não tenha escalado, senhor. Foi um ótimo menino... E oh, senhor, foi também um grande homem.'

"Fiquei de pé num pulo.

'– Olha aqui!' – exclamei. – 'O senhor disse que ele *foi*. Fala como se ele estivesse morto. Que mistério todo é esse? Que fim levou Godfrey Emsworth?'

"Agarrei o velho pelos ombros, mas ele se desvencilhou.

'– Não sei do que está falando, senhor. Pergunte ao mestre sobre o mestre Godfrey. Ele sabe. Não tenho o direito de interferir.'

"Ele se preparava para abandonar o aposento quando o retive pelo braço.

'– Escute' – eu disse. '– Vai me responder a uma pergunta antes de ir, ou terei que segurá-lo durante a noite inteira. Godfrey está morto?'

"O homem não conseguia me encarar. Era como se estivesse hipnotizado. A resposta saiu como que arrancada de seus lábios, uma resposta terrível e inesperada.

'– Quisera Deus que estivesse!' – exclamou e, livrando-se de mim, escapuliu do quarto.

"O senhor pode imaginar, sr. Holmes, que voltei para minha cadeira em um estado de espírito não muito feliz. As palavras do velho pareciam-me conter apenas uma interpretação. Meu pobre amigo havia claramente se envolvido em alguma transação criminosa ou, no mínimo, desrespeitosa a ponto de macular a honra da família. O severo coronel mandara o filho para longe, mantendo-o escondido do mundo até que mais nenhum escândalo pudesse vir à tona. Godfrey era um camarada inconseqüente, facilmente influenciável pelo entorno. Com certeza, tinha caído em mãos maldosas, sendo conduzido à própria ruína. Era um fato lamentável, lamentável de verdade, mas, mesmo assim, ainda era meu dever procurá-lo e ver se podia ajudá-lo. Estava ponderando a questão com ansiedade quando, ao me voltar, dei com Godfrey Emsworth parado à minha frente."

Meu cliente interrompeu a narrativa, como alguém imerso em profunda emoção.

– Continue, por favor – eu disse. – Seu problema tem algumas características bastante incomuns.

– Ele estava do lado de fora da janela, sr. Holmes, com o rosto pressionado contra o vidro. Eu lhe disse que estivera observando a noite anteriormente. Para fazê-lo, havia deixado as cortinas parcialmente abertas. Sua figura ficou emoldurada nessa fenda. A janela vinha até o chão, e pude vê-lo por inteiro. Mas foi seu rosto que concentrou meu olhar. Ele estava mortalmente pálido, de uma palidez que jamais vi em um homem. Calculo que fantasmas talvez tenham essa aparência. Seus olhos, contudo, fitavam os meus e eram olhos vivos. Deu um salto para trás quando percebeu que eu o observava, desaparecendo na escuridão.

"Havia alguma coisa chocante naquele homem com o rosto pressionado contra o vidro, sr. Holmes. Não era apenas aquela face cadavérica brilhando com a brancura de um queijo na escuridão. Algo mais sutil estava acontecendo. Aquele rapaz que eu conhecera, franco e viril, havia adquirido um ar fugidio, furtivo e criminoso. Um sentimento de horror ficou gravado em minha mente.

"Uma vez, porém, que um homem tenha lutado por um ou dois anos, tendo como parceiro de jogo o irmão Boer, ele mantém a capacidade de agir e os nervos no lugar. Godfrey mal havia desaparecido, e eu já me encontrava junto à janela. Havia um trinco difícil de manejar, e levei algum tempo para abri-lo. Então, atravessei pela abertura e corri pela trilha no jardim, seguindo a direção que supus que ele tivesse tomado.

"Era uma trilha longa e a luz, pouca, mas parecia que alguma coisa se movia bem à minha frente. Segui correndo e chamando o nome dele. Quando cheguei ao final da trilha, havia diversas outras ramificações que seguiam para partes diferentes da casa. Parei, sem saber para onde ir, e, ao fazê-lo, pude ouvir o som nítido de uma porta se fechando. Não vinha de alguma parte da casa às minhas costas, mas da frente, de algum lugar na escuridão. Foi o suficiente, sr. Holmes, para que eu soubesse que não se tratava de uma visão. Godfrey fugira de mim e havia fechado uma porta atrás de si. Disso eu tinha certeza.

"Não havia mais nada que eu pudesse fazer, e passei uma noite atribulada remoendo o ocorrido, tentando formular uma teoria que explicasse os fatos. No dia seguinte, encontrei o coronel um tanto mais sociável. Quando sua mulher observou que havia lugares interessantes nas redondezas, consegui uma abertura para perguntar se haveria algum inconveniente na minha presença por mais uma noite. Um tipo de aquiescência de má vontade por parte do velho deu-me um dia completo para fazer minhas investigações. Estava completamente convencido de que Godfrey se escondia nas proximidades, mas onde e por que permaneciam questões abertas.

"A casa era tão grande e irregular que um regimento poderia se ocultar em seu interior sem que ninguém o percebesse. Se o segredo estivesse lá dentro, seria difícil para mim. Mas a porta que ouvira fechar certamente não estava localizada na casa. Eu precisava explorar o jardim e ver o que poderia encontrar. Não havia dificuldade nesse procedimento, uma vez que os velhos estavam ocupados em seus afazeres, deixando-me livre para executar meus planos.

"Havia muitas dependências pequenas; mas, ao fim do jardim, havia uma construção à parte, de bom tamanho, grande o suficiente para acomodar um jardineiro ou um responsável pelas caças. Poderia ser esse o local de onde proviera o som da porta se fechando? Aproximei-me de modo casual, como se estivesse dando um passeio inocente pelos arredores. Assim que cheguei perto, um homem barbudo, pequeno e ágil, usando um casaco preto e um chapéu de feltro – nem de longe o tipo que se toma por um jardineiro –, saiu pela porta. Para minha surpresa, ele a trancou ao passar e colocou a chave no bolso. Depois olhou para mim, com um certo espanto na face.

'– É um visitante?' – perguntou. Expliquei-lhe que sim, e que também era amigo de Godfrey.

'– Uma pena que ele esteja de viagem, pois teria imenso prazer em me ver' – continuei.

'– Com certeza. Exatamente' – ele disse, com um ar um pouco culpado. – 'Não tenho dúvida de que você lhe fará uma nova visita em ocasião mais apropriada.'

"Ele seguiu seu rumo, mas ao me voltar, percebi que me observava meio escondido por entre os arbustos na parte extrema do jardim.

“Dei uma boa olhada na casa ao passar e, embora as janelas possuíssem cortinas pesadas, até onde dava para ver, o interior estava vazio. Eu tinha consciência de que continuava sendo observado e, se eu fosse muito audacioso, poderia arruinar meu próprio jogo e ainda ser expulso da propriedade. Desse modo, retornei para a casa e esperei a noite para continuar as minhas investigações. Quando tudo estava escuro e silencioso, escapei pela janela e tomei o rumo do misterioso pavilhão, do modo mais discreto de que fui capaz.

“Havia dito que as cortinas eram pesadas, mas só então descobri que as janelas também estavam equipadas com persianas. Um pouco de luz, no entanto, vazava por uma delas, e foi onde concentrei minha atenção. Por sorte, a cortina não fora completamente fechada. Justamente nessa janela, havia uma rachadura na persiana, permitindo, desse modo, que eu visse o que se passava dentro da sala. Era um lugar bastante alegre, com uma lâmpada reluzente e um fogo esplêndido. Do lado oposto a mim, estava sentado o pequeno homem que eu vira pela manhã. Fumava um cachimbo e lia o jornal.”

– Que jornal? – perguntei.

Meu cliente pareceu incomodado com a interrupção em sua narrativa.

– Isso importa? – perguntou.

– É fundamental.

– Não reparei, realmente.

– Possivelmente deve ter reparado se era um jornal de folhas grandes ou se era do tipo menor, do tipo que alguém associaria aos semanários.

– Agora que o senhor mencionou, lembro que não era dos grandes. Talvez fosse *The spectator*. No entanto, não tive tempo para me ocupar de tais detalhes, porque havia um segundo homem sentado de costas para a janela, e posso jurar que esse homem era ninguém menos do que Godfrey. Não pude ver o seu rosto, mas eu estava familiarizado com seus ombros curvados. Apoiava-se sobre os cotovelos, numa atitude de grande melancolia, o corpo voltado na direção do fogo. Hesitava sobre que medida tomar quando recebi uma dura pancada no ombro. E lá estava, ao meu lado, o coronel Emsworth.

'– Por aqui, cavalheiro!' – ele disse em voz baixa. Caminhou em silêncio até a casa e eu o segui para dentro do meu próprio quarto. Ele havia pegado no saguão uma tabela com o horário dos trens.

'– Há um trem para Londres às oito e meia' – disse. '– O transporte estará na porta às oito.'

"Ele estava vermelho de raiva, e, de fato, eu me sentia numa posição tão delicada que só consegui balbuciar umas desculpas esfarrapadas, nas quais eu tentava justificar meus atos como sendo produto da ansiedade em saber do meu amigo.

'– O assunto não será mais discutido' – ele disse abruptamente. – 'O senhor fez a mais condenável das intromissões na privacidade da nossa família. Estava aqui na condição de convidado e acabou como espião. Não tenho mais nada a dizer, cavalheiro, salvo que desejo não cruzar com a sua figura nunca mais.'

"Nesse momento, sr. Holmes, perdi a paciência e falei com certo vigor.

'– Vi seu filho e estou convencido de que, por alguma razão particular, o senhor o está escondendo do mundo. Não tenho idéia de quais são os seus motivos para tratá-lo dessa maneira, mas tenho certeza de que ele já não dispõe mais de livre-arbítrio. Estou lhe avisando, coronel Emsworth. Enquanto eu não tiver certeza da segurança e do bem-estar do meu amigo, jamais desistirei de chegar ao fundo deste mistério e certamente não aceitarei qualquer tipo de intimidação advinda daquilo que o senhor possa dizer ou fazer.'

"O velho assumiu um aspecto diabólico, e cheguei a pensar que iria me agredir. Como já tinha dito, tratava-se de um velho magro, gigantesco e furioso, e, apesar de eu não ser nenhum fracote, teria que reunir todas as minhas forças para enfrentá-lo. Entretanto, após um longo olhar de ódio, girou sobre os calcanhares e abandonou o quarto. De minha parte, peguei pela manhã o trem indicado, com a resolução de vir diretamente até aqui e pedir sua ajuda e orientação nesta entrevista que eu havia marcado previamente."

Tal era o problema que o meu visitante depositava diante de mim. Apresentava, como o leitor astuto já deve ter percebido, poucas dificuldades em sua solução, pois havia um número limitado de alternativas para se chegar ao cerne da questão. Ainda assim, por mais elementar que fosse, certos pontos de interesse e ineditismo no caso justificavam o seu registro por escrito. No momento seguinte, passei a usar o meu familiar método de análise lógica, a fim de delimitar todas as soluções possíveis.

– Quantos empregados havia na casa? – perguntei.

– Até onde pude reparar, apenas o velho mordomo e sua esposa. Pareciam viver de modo bastante simples.

– Não havia nenhum empregado, então, no pavilhão?

– Nenhum, a não ser que o homenzinho barbudo fizesse as vezes de. Ele parecia, no entanto, um sujeito muito superior.

– O que é muito sugestivo. Teve alguma indicação de que a comida vinha de uma casa para a outra?

– Agora que mencionou, vi o velho Ralph carregando uma cesta através do jardim em direção ao pavilhão. A idéia da comida não havia me ocorrido até o momento.

– Fez algumas perguntas na localidade?

– Sim. Falei com o chefe da estação e também com o estalajadeiro no vilarejo. Perguntei apenas se eles sabiam alguma coisa sobre o meu velho camarada, Godfrey Emsworth. Ambos me asseguraram que ele saíra numa viagem ao redor do mundo. Mal ele chegara em casa, partira novamente. A história, evidentemente, possuía uma versão universal.

– Não lhes revelou nenhuma de suas suspeitas?

– Nenhuma.

– Isto foi de grande sabedoria. O assunto certamente virá à tona. Voltarei com o senhor para Tuxbury Old Park.

– Hoje?

O problema é que naquele momento eu estava resolvendo o caso que meu amigo Watson descreveu como o da Escola Abbey, no qual o duque de Greyminster estava profundamente envolvido. Tinha também uma incumbência do sultão da Turquia, que exigia ação imediata, pois implicações políticas das mais graves poderiam surgir se o problema fosse negligenciado. Desse modo, foi somente no começo da semana seguinte, como registra o meu diário, que pude partir em minha missão rumo a Bedfordshire na companhia do sr. James Dodd. Ao passarmos por Euston, juntou-se a nós um cavalheiro sério e taciturno, de aspecto acinzentado, com quem já havia feito, previamente, os arranjos necessários.

– Este é um velho amigo – eu disse a Dodd. – É possível que a presença dele seja totalmente desnecessária; e, por outro lado, pode ser essencial. No presente estágio, não é preciso aprofundar o assunto.

As narrativas do Watson sem dúvida acostumaram o leitor ao fato de que não gasto minhas palavras ou revelo meus pensamentos enquanto o caso ainda está em aberto. Dodd pareceu surpreso, mas nada mais foi dito, e nós três continuamos a jornada juntos. No trem, perguntei a Dodd mais uma questão, que eu queria que nosso companheiro ouvisse.

– O senhor disse ter visto com clareza o rosto do seu amigo através do vidro, com tanta clareza que está certo de tê-lo identificado?

– Sem a menor sombra de dúvida. Seu nariz estava pressionado contra o vidro. A luz da lâmpada incidiu diretamente sobre ele.

– Não poderia ser alguém parecido?

– Não, não. Era ele!

– Mas o senhor não disse que ele estava mudado?

– Apenas a cor era diferente. O rosto dele era (como posso descrevê-lo?) da brancura da barriga de um peixe. Era um rosto lívido.

– Era homogeneamente lívido?

– Acredito que não. Foi sua testa que vi claramente, pois ela estava pressionada contra o vidro.

– O senhor o chamou?

– Na ocasião, fiquei muito horrorizado e petrificado. Depois, parti em seu encalço, mas, como já lhe relatei, sem resultado.

Meu caso estava praticamente completo, e havia apenas um pequeno incidente a ser explorado. Quando, após uma considerável viagem, chegamos à casa estranha e irregular que o meu cliente havia descrito, Ralph, o idoso mordomo, foi quem abriu a porta. Eu havia requisitado a carruagem para o dia inteiro e pedira para meu velho amigo permanecer dentro do veículo, a menos que precisássemos dele. O velho e enrugado Ralph vestia um traje convencional: casaco preto e calças risca-de-giz. Havia, no entanto, uma curiosa variante. Ele usava luvas de couro marrom, que, ao nos ver, rapidamente removeu, deixando-as sobre a mesa do saguão assim que passamos por ali . Possuo, como meu amigo Watson já deve ter feito notar, os sentidos muito apurados. Um cheiro discreto porém contundente fazia-se sentir. Parecia emanar da mesa do saguão. Voltei-me, colocando meu chapéu sobre ela, derrubando-o de propósito, agachando-me a fim de deixar o meu nariz a uns trinta centímetros das luvas. Sim, era indubitavelmente delas que provinha aquele curioso odor de alcatrão. Dirigi-me para o escritório com o caso resolvido. Ai de mim, que tenho que revelar todas as cartas que tenho na mão quando sou eu o autor da história! É por esconder alguns elos da corrente que Watson consegue produzir aqueles seus finais baratos.

O coronel Emsworth não estava na sala, mas, assim que recebeu a mensagem de Ralph, chegou o mais rápido possível. Ouvimos seus passos rápidos e pesados no corredor. A porta foi escancarada e ele entrou apressadamente, a barba hirsuta e as feições retorcidas, o velho mais grotesco que vi na vida. Segurava nossos cartões de visita nas mãos. Rasgou-os em pedacinhos e pisoteou os fragmentos.

– Já não lhe disse, seu maldito sujeito intrometido, para não pôr mais os pés nesta casa? Nunca mais ouse mostrar essa sua cara desgraçada por aqui novamente. Se o senhor tornar a entrar sem minha permissão, estarei no direito de usar a força. Atiro no senhor! Por Deus, veja se não atiro! Quanto ao senhor – voltando-se para mim –, estendo-lhe o aviso. Estou bastante familiarizado com essa sua profissão ignóbil. De qualquer modo, reserve seus reputados talentos para outra situação. Não há lugar para eles aqui.

– Não arredarei pé até que escute dos lábios do próprio Godfrey que ele não está sofrendo nenhum tipo de coação – disse meu cliente com firmeza.

Nosso anfitrião involuntário fez soar uma campainha.

– Ralph – ele disse –, telefone para a polícia do condado e peça ao inspetor que mande dois de seus homens. Fale que há ladrões na casa.

– Um momento – eu disse. – O senhor deve estar ciente, sr. Dodd, que o coronel Emsworth está nos seus direitos e que não temos nenhum *status* legal na casa dele. Por outro lado, ele deveria reconhecer que sua atitude é totalmente inspirada por solicitude ao seu filho. Ouso acreditar que, se tivesse uma conversa de cinco minutos com o coronel, certamente poderia alterar o seu ponto de vista sobre o assunto.

– Não mudo de opinião com tanta facilidade – disse o velho soldado. – Ralph, faça o que eu disse. Que diabos está esperando? Ligue para a polícia!

– Nada disso – eu disse, pondo minhas costas à porta. – Qualquer interferência policial provocaria a catástrofe que o senhor tanto teme. Saquei meu caderno de notas e rabisquei uma palavra sobre uma folha solta. – Eis – eu disse, ao alcançá-la ao coronel – o que nos trouxe aqui.

Ele fixou os olhos sobre o escrito com um rosto donde desaparecera qualquer expressão, salvo o assombro.

– Como o senhor pode saber? – falou com dificuldade, desabando sobre a poltrona.

– É meu trabalho saber das coisas, é o meu negócio.

Ele mergulhou em profunda meditação, a mão descarnada cofiando a barbicha. Então, fez um gesto de resignação.

– Bem, se desejam ver Godfrey, assim será. Não porque eu queira, mas por me forçarem a fazê-lo. Ralph, diga ao sr. Godfrey e ao sr. Kent que dentro de cinco minutos estaremos com eles.

Ao fim desse tempo, cruzamos a trilha do jardim e encontramo-nos defronte ao misterioso pavilhão. Um homenzinho barbudo estava plantado na porta, com um olhar de profunda surpresa na face.

– Isto foi muito inesperado, coronel Emsworth – ele disse. – Vai acabar por bagunçar todos os nossos planos.

– Não pude evitá-lo, sr. Kent. Estamos sendo forçados. O sr. Godfrey pode nos ver?

– Sim, ele está esperando lá dentro. – Virou e nos conduziu para uma sala grande e mobiliada com simplicidade. Um homem aguardava de pé, de costas para o fogo; e, ao vê-lo, meu cliente lançou-se em sua direção, a mão estendida.

– Godfrey, meu velho, qual é afinal a razão dessa palhaçada?

O outro, porém, retrocedeu.

– Não me toque, Jimmie. Mantenha a distância. Sim, é o que você pode ver! Em nada me assemelho ao esperto cabo do Esquadrão B, não é verdade?

Sua aparência era com certeza extraordinária. Qualquer um poderia perceber que ele havia sido, de fato, um belo homem com traços bem definidos, bronzeado pelo sol da África. Nas partes mais escuras, contudo, viam-se manchas esbranquiçadas que davam à pele um aspecto pálido.

– Eis por que não recebo visitas – ele disse. – Não me importo com sua presença, Jimmie, mas podia ter sido poupado da presença do seu amigo. Suponho que haja uma boa razão para isso tudo, mas você me pegou em desvantagem.

– Queria ter certeza de que você estava bem, Godfrey. Pude vê-lo aquela noite em que me olhou através da janela. Não consegui descansar até passar as coisas a limpo.

– O velho Ralph me disse que você estava lá, e não resisti a dar uma espiada. Esperava que não tivesse me visto, mas ao ouvir a janela sendo aberta, tive que fugir correndo para a minha toca.

– Mas, meu Deus do céu, diga-me, o que está acontecendo?

– Bem, não é uma história longa – ele disse, acendendo um cigarro. – Lembra-se daquele combate em Buffelsspruit pela manhã, fora de Pretória, na linha ferroviária oriental? Ficou sabendo que fui atingido?

– Sim, fiquei sabendo, mas nunca dos detalhes.

– Três de nós se separaram dos demais. Era um terreno muito acidentado, você deve lembrar. Havia o Simpson (o cara que chamávamos de Careca), o Anderson e eu. Estávamos quase escapando do irmão Boer, mas ele ficou escondido e nos pegou. Os outros dois foram mortos. Recebi um tiro de rifle que atravessou meu ombro. Consegui, no entanto, chegar até meu cavalo, que galopou por vários quilômetros antes que eu desmaiasse e caísse da cela.

"Quando recuperei os sentidos, caía a noite. Consegui me reerguer, sentindo-me fraco e debilitado. Para minha surpresa, havia uma casa bem próxima de mim, uma casa razoavelmente grande, com uma varanda ampla e muitas janelas. Fazia um frio terrível. Na certa, você não esqueceu do frio paralisante que chegava com o entardecer, um frio mortal e insalubre, muito diferente de uma geada áspera e saudável. Bem, eu estava congelando até os ossos e sabia que minha única esperança era conseguir abrigo naquela casa. Ergui-me a muito custo e fui me arrastando, quase sem noção do que fazia. Guardo na memória a imagem difusa dos degraus sendo vencidos lentamente, de entrar por uma porta aberta por completo, chegar a um salão com várias camas e me lançar sobre uma delas com um suspiro de alegria. Não estava feita, mas não fiquei nem um pouco incomodado. Puxei as cobertas sobre o meu corpo que tremia e num instante estava ferrado no sono.

"Já era manhã quando acordei. Pareceu-me que, em vez de encontrar um mundo de sanidade, eu mergulhara em um extraordinário pesadelo. O sol africano inundava o ambiente através das grandes janelas sem cortinas, fazendo com que cada detalhe do dormitório branco, grande e despojado, brilhasse com dura nitidez. À minha frente, estava sentado um homenzinho que parecia um duende com uma cabeça enorme e bulbosa, matraqueando de modo vivaz em holandês, gesticulando duas mãos horríveis que me lembravam duas esponjas marrons. Atrás dele, havia um grupo de pessoas que pareciam estar se divertindo bastante com a situação, mas senti um calafrio só de olhar para elas. Não havia uma que fosse um ser humano normal. Cada uma estava torcida, ou desfigurada de um jeito estranho. A risada desses seres monstruosos era algo pavoroso de se ouvir.

"A impressão era de que ninguém ali sabia falar inglês, mas a situação precisava ser esclarecida, pois a criatura com a cabeça disforme estava se tomando de crescente fúria. Lançando urros como uma fera selvagem, deitou suas mãos deformadas sobre mim e me arrastou para fora da cama, sem levar em consideração o jorro de sangue fresco que brotou da minha ferida. O pequeno monstro era forte como um touro, e não sei o que seria de mim se um homem mais idoso, claramente uma autoridade, não tivesse sido atraído até o local pela algazarra. Ele disse algumas palavras duras em holandês, e meu perseguidor se afastou. Então voltou-se para mim, observando-me com a mais genuína surpresa.

'– Raios, como o senhor veio parar aqui?' – ele perguntou, cheio de assombro. '– Espere um pouco! Vejo que está esgotado e que o ferimento no seu ombro precisa passar por um exame. Sou médico e logo lhe farei um curativo. Um sobrevivente! Contudo, aqui o senhor está exposto a um perigo maior do que qualquer um que já tenha enfrentado no campo de batalha. O senhor está num leprosário e dormiu na cama de um leproso.'

"Preciso lhe contar mais, Jimmie? Parece que, em função da iminência da batalha, todas aquelas pobres criaturas tinham sido evacuadas no dia anterior. Então, com o avanço dos britânicos, eles tinham sido reconduzidos até ali pelo superintendente médico, que me garantiu que, apesar de ele se acreditar imune à doença, jamais teria ousado fazer o que eu havia feito. Colocou-me num quarto privativo, tratou-me com gentileza. Uma semana depois, fui transferido para o Hospital Geral de Pretória.

"Aqui minha tragédia chega ao fim. Agarrei-me a todas as esperanças, mas quando cheguei em casa os terríveis sinais que os senhores vêem no meu rosto denunciaram que eu não havia escapado. O que eu podia fazer? Encontrava-me nesta casa solitária. Tínhamos dois empregados de plena confiança. Havia um lugar onde eu poderia morar. Sob segredo absoluto, o sr. Kent, que é médico, preparou-se para me fazer companhia. Nestes termos, tudo parecia bastante simples. A outra alternativa era pavorosa: uma vida de segregação, no meio de estranhos, sem uma esperança sequer de libertação. Era necessário, porém, segredo absoluto; pois, mesmo nesta tranqüila região rural, haveria uma revolta popular, e eu seria arrastado para o meu horrível destino. Até você Jimmie, até você tinha que permanecer às escuras. Por que meu pai rompeu meu isolamento é algo que não posso entender."

O coronel Emsworth apontou para mim.

– Eis o cavalheiro que me forçou a isso.

Puxou o pedaço de papel no qual eu havia escrito a palavra "Lepra".

– Ficou claro para mim que, se ele tinha tal conhecimento, era mais seguro que soubesse de todo o resto.

– E realmente foi – eu disse. – Quem sabe se algum bem pode vir disso? Imagino que somente o dr. Kent viu o paciente. Posso perguntar se é uma autoridade na doença, senhor, doença que é, se não me engano, de natureza tropical ou semitropical?

– Possuo o conhecimento comum ao médico bem-educado – ele observou, com certa formalidade.

– Não tenho dúvida de sua total competência, senhor, mas tenho certeza de que concordará que neste caso uma segunda opinião é válida. Entendo que o senhor evitou expor o paciente por medo de que fosse pressionado a segregá-lo.

– Isso mesmo – disse o coronel.

– Prevendo essa situação – expliquei –, trouxe em minha companhia um amigo em cuja discrição se pode ter absoluta confiança. Certa vez, prestei-lhe um serviço profissional e ele está pronto para aconselhar mais como amigo do que como especialista. Seu nome é *sir* James Saunders.

A possibilidade de uma entrevista com Lorde Roberts não teria provocado em um rude subalterno as sensações de contentamento e prazer que agora se refletiam no rosto do sr. Kent.

– Será uma verdadeira honra – ele murmurou.

– Pedirei então para *sir* James entrar. No momento, ele está aguardando na carruagem lá fora. Enquanto isso, coronel Emsworth, talvez possamos nos reunir no seu escritório, onde poderei dar as explicações necessárias.

E aqui sinto a falta do meu Watson. Ao introduzir questionamentos astutos e exclamações de espanto, ele conseguiu elevar a minha arte simplória, arte que nada mais é do que o uso sistematizado do senso comum elevado a prodígio. Quando sou o narrador da história, fico sem essa ajuda. Ainda assim, demonstrarei a minha linha de raciocínio nos mesmos moldes em que a ofereci para minha pequena audiência, incluindo a mãe de Godfrey, no escritório do coronel Emsworth.

– Esse processo – eu disse – começa com a suposição de que, eliminado tudo o que é impossível, o que sobrar, conquanto improvável, deva ser a verdade. Está claro que diversas possibilidades podem permanecer de pé, caso no qual o indivíduo tem que testá-las uma a uma até obter uma quantidade de provas convincentes. Agora aplicaremos esse princípio ao caso em questão. Do modo como me foi primeiramente apresentado, havia três possíveis explicações para o isolamento ou encarceramento desse cavalheiro em um pavilhão da mansão de seu pai. Havia a explicação de que ele tivesse cometido um crime e estivesse se escondendo, ou a de que tivesse enlouquecido e seus pais quisessem evitar a internação num asilo, ou ainda a de que tivesse adquirido algum tipo de doença que causasse a sua segregação. Não consegui levantar outras soluções adequadas. As escolhidas, então, tiveram que ser apuradas e comparadas umas com as outras.

"A solução que prescindia de um crime não se sustentou, pois não havia no distrito qualquer informação sobre um caso em aberto. Eu estava certo disso. Se houvesse algum crime ainda não resolvido, seria claramente do interesse da família mandar o delinqüente para o exterior em vez de mantê-lo escondido dentro de casa.

"Loucura era mais plausível. A presença de uma segunda pessoa no pavilhão sugeria um guarda. O fato de que ele chaveou a porta ao sair fortaleceu a suposição de insanidade e adicionou ainda a idéia de detenção. Por outro lado, essa detenção não parecia ser rigorosa ou o jovem não poderia ter escapado para vir dar uma olhada no seu amigo. O senhor lembrará, sr. Dodd, que andei checando os pontos, perguntando-lhe, por exemplo, sobre o jornal que o sr. Kent estava lendo. Se fosse *The lancet* ou *The british medical journal*, teria sido de grande ajuda. Contudo, não é ilegal manter um lunático em uma propriedade privada, desde que haja uma pessoa apta a atendê-lo e as autoridades tenham sido devidamente notificadas. Por que, então, toda esta desesperada necessidade de sigilo? Mais uma vez, a teoria não conseguia dar cabo dos fatos.

"Assim, restava apenas a terceira possibilidade, na qual, por mais rara e incomum que fosse, tudo parecia se encaixar. A lepra não é infreqüente na África do Sul. Em algum episódio extraordinário, este jovem poderia ter contraído a doença. Sua família ficaria numa situação terrível, uma vez que eles desejassem salvá-lo da segregação. Grande sigilo seria necessário para evitar que os rumores circulassem, provocando, subseqüentemente, uma intervenção das autoridades. Um médico devotado, com suficiente remuneração, seria facilmente encontrado para tomar conta do enfermo. Não haveria, assim, qualquer razão para que o rapaz não pudesse circular à noite. O embranquecimento da pele é um resultado comum da doença. As evidências eram fortes – tão fortes que resolvi agir como se já as tivesse provado. Ao chegarmos aqui, minhas últimas dúvidas foram eliminadas, pois notei que Ralph, encarregado de levar as refeições, vestia luvas impregnadas com desinfetante. Uma palavra apenas mostrou-lhe, senhor, que o segredo fora revelado. Se preferi escrevê-la a pronunciá-la, era para dar-lhe prova da minha discrição."

Eu estava terminando essa breve análise do caso quando a porta foi aberta e a figura austera do grande dermatologista foi introduzida na sala. Mas dessa vez suas feições de esfinge estavam relaxadas e havia uma calorosa humanidade emanando de seus olhos. Dirigiu-se ao coronel e lhe apertou a mão.

– Normalmente meu fardo é trazer más notícias e raramente boas – ele disse. – Esta ocasião se enquadra nas raridades. Não é lepra.

– O quê?

– Um caso exemplar de pseudolepra ou ictiose, uma afecção escamosa da pele, de aspecto desagradável, resistente, mas passível de cura e, com certeza, não-infecciosa. Sim, sr. Holmes, a coincidência é notável. Mas trata-se mesmo de uma coincidência? Não haverá forças sutis envolvidas, forças sobre as quais pouco sabemos? Podemos garantir que a apreensão que sem dúvida provocou tamanho sofrimento ao jovem desde que se expôs à contaminação não produziu os sinais físicos da doença que ele tanto temia? De qualquer modo, garanto este diagnóstico baseado na minha reputação profissional... A dama, no entanto, desmaiou! Creio que o melhor seja que o sr. Kent permaneça com a sra. Emsworth até que ela se recupere do choque de alegria.

A AVENTURA DA PEDRA MAZARINO

ERA PRAZEROSO para o dr. Watson encontrar-se novamente na sala bagunçada do primeiro andar na Baker Street, que havia sido o ponto de partida de tantas aventuras memoráveis. Olhou em volta, observou os certificados científicos nas paredes; a mesa dos produtos químicos, desgastada pelo ácido; o estojo do violino apoiado num dos cantos; o balde de carvão, que em outra época contivera os cachimbos e o tabaco. Finalmente, seus olhos encontraram o sorriso jovial de Billy, o novato embora sábio e habilidoso criado que ajudava a preencher um pouco o espaço de solidão e isolamento que circundava a figura saturnina do grande detetive.

– Parece que nada mudou, Billy. Você também continua igual. Será que se pode dizer o mesmo dele?

Billy sorriu, com alguma ansiedade, junto à porta fechada do quarto.

– Acho que ele está na cama, dormindo – disse.

Eram sete horas de um adorável entardecer de um dia de verão, mas o dr. Watson estava suficientemente familiarizado com a irregularidade da vida do amigo para não sentir qualquer surpresa diante da idéia.

– Isso significa um novo caso, estou certo?

– Sim, senhor. Ele está completamente envolvido. Temo por sua saúde. Está pálido e magro, não come nada. "– A que horas quer jantar, sr. Holmes?" – a srta. Hudson perguntou. "– Às sete e meia, depois de amanhã" – ele respondeu. Você sabe como ele esquece tudo quando está em um caso.

– Sim, Billy, eu sei.

– Ele está seguindo alguém. Ontem passou o dia disfarçado de trabalhador em busca de um emprego. Hoje, de uma velha senhora. Até eu fui enganado, eu, que a essas alturas já devia conhecer os seus truques. – Billy apontou com um sorriso para uma sombrinha bojuda apoiada contra o sofá. – Faz parte da indumentária da velha – ele disse.

– Mas o que é tudo isso, afinal, Billy?

Billy baixou a voz, como alguém que discutisse grandes segredos de estado. – Não me importo de lhe contar, senhor, mas deve ficar entre nós. Trata-se do caso do diamante da Coroa.

– O quê? O roubo de cem mil libras?

– Sim, senhor. Eles precisam recuperá-la, senhor. Por essa razão, recebemos a visita do primeiro-ministro e do secretário do interior. Ambos sentaram nesse mesmo sofá. O sr. Holmes foi de extrema elegância. Logo os deixou à vontade e prometeu fazer o que estivesse ao seu alcance. Então surge lorde Cantlemere...

– Ah!

– Sim, senhor. Creio que saiba o que isso significa. Ele é um pretensioso, senhor, se me permite uma opinião. Fico muito bem com o primeiro-ministro e não tenho nada contra o secretário do interior, que me pareceu um homem cortês e prestativo. Mas não há como agüentar o ar de nobreza do lorde. Nem o sr. Holmes consegue. Veja o senhor que ele não acredita na capacidade do sr. Holmes, sendo contrário à idéia de contratá-lo, desejando inclusive seu fracasso.

– E Holmes sabe disso?

– O sr. Holmes sempre sabe tudo o que há para saber.

– Bem, vamos esperar que ele não falhe e que

lorde Cantlemere saia frustrado. Mudando de assunto, Billy, para que serve aquela cortina atravessada no espaço que vai até a janela?

– O sr. Holmes colocou-a ali faz três dias. Temos uma coisa engraçada escondida atrás dela.

Billy avançou e afastou o pano que cobria o nicho formado pela estrutura da janela em forma de arco.

O dr. Watson não conseguiu conter a exclamação de espanto. Havia uma cópia perfeita de seu amigo, vestido com chambre e tudo, o rosto voltado três quartos em direção à janela e à rua, como se estivesse lendo um livro invisível, enquanto o corpo permanecia bem acomodado na poltrona. Billy destacou a cabeça e a segurou no ar.

– Nós a colocamos em diferentes inclinações, a fim de que pareça mais natural. Não ousaria fazer isso se as cortinas não estivessem fechadas. Com elas abertas, o senhor pode ver o boneco lá do outro lado da rua.

– Certa vez usamos algo parecido.

– Antes do meu tempo – disse Billy. Afastou as cortinas e deu uma espiada na rua. – Há uns sujeitos que ficam nos observando de longe. Posso ver um agora mesmo através da janela. Venha dar uma olhada.

Watson estava se aproximando quando a porta do quarto se abriu, revelando a figura esguia e alta de Holmes, o rosto magro e amassado, mas o passo e a postura firmes como nunca. Com um simples salto, chegou junto à janela, desobstruindo novamente a visão para o lado de fora.

– Por ora basta, Billy – ele disse. – Você colocou sua vida em risco agora, meu rapaz, e no momento não posso prescindir de sua presença. Bem, Watson, é bom tê-lo nos seus velhos aposentos uma vez mais. Você chega em um momento crítico.

– É o que indica.

– Pode ir, Billy. Esse rapaz é um problema, Watson. Até onde posso justificar o fato de expô-lo ao perigo?

– Que perigo, Holmes?

– De morte súbita. Estou esperando alguma coisa para esta noite.

– Esperando o quê?

– Ser assassinado, Watson.

– Não, não. Você só pode estar brincando, Holmes!

– Mesmo meu limitado senso de humor poderia produzir uma piada melhor do que essa. Podemos, contudo, gozar enquanto isso de algum conforto, não podemos? Álcool é permitido? O gasogênio e os charutos estão no lugar de costume. Deixe-me vê-lo mais uma vez na sua poltrona habitual. Espero que você não tenha aprendido a desprezar o meu cachimbo e o meu lamentável tabaco. O fumo tem que ocupar o lugar da comida nesses dias.

– Mas por que ficar sem comer?

– Porque as faculdades mentais ficam mais aguçadas quando deixadas à míngua. Por essa razão, meu caro Watson, como médico, é claro que você deve admitir que a digestão rouba o suprimento de sangue que vai para a cabeça. Sou um cérebro, Watson. O resto de mim é um mero apêndice. É por isso que devo considerar apenas o cérebro.

– Mas e quanto ao perigo antes mencionado, Holmes?

– Ah, sim. No caso dele se concretizar, seria importante talvez você guardar na memória o nome e o endereço do assassino. Entregue-os à Scotland Yard, com a afeição e a bênção de uma despedida. O nome é Sylvius, conde Negretto Sylvius. Anote, homem, anote de uma vez! Moorside Gardens, 136, N. W. Anotou?

O rosto honesto de Watson estava contorcido pela ansiedade. Ele sabia muito bem os riscos imensuráveis que Holmes corria, do mesmo modo que podia tomar o que ele havia dito muito mais ao pé da letra do que como exagero. Watson sempre tinha sido o homem da ação e mostrou-se à altura do momento.

– Conte comigo, Holmes. Não tenho compromissos durante um ou dois dias.

– Sua conduta não melhora com o tempo, Watson. Agora adicionou a mentira aos seus outros vícios. Você carrega cada indício de um atarefado homem da medicina, chamado a toda hora.

– Não dos mais importantes. Mas você não pode mandar prender esse sujeito?

– Sim, Watson, até poderia. Isto é o que o preocupa tanto.

– Mas por que você não o faz?

– Porque não sei onde foi parar o diamante.

– Ah! Billy me contou: a jóia da Coroa desaparecida!

– Sim, a grande pedra Mazarino amarela. Lancei a rede e pesquei os meus peixes, mas nada ainda da pedra. Qual é a utilidade de prendê-los? Faremos do mundo um lugar melhor colocando-os atrás das grades. Não estou, porém, atrás disso. É a pedra que eu quero.

– E o tal conde Sylvius é um dos seus peixes?

– Sim, e ele é um tubarão. Ele morde. O outro é Sam Merton, o boxeador. Não é uma má pessoa, o Sam, mas o conde usou-o direitinho. Sam não é um tubarão. Está mais para um peixe grande e tolo. Contudo, caiu na minha rede do mesmo modo.

– Onde está esse conde Sylvius?

– Estive na cola dele a manhã inteira. Você devia ter me visto como uma velha dama, Watson. Meu papel mais convincente. Ele chegou a apanhar a minha sombrinha uma vez. "– Com a sua licença, madame" – ele disse, mostrando o seu lado italiano, todos aqueles modos graciosos da gente do sul, como você pode imaginar. Assim ele age quando está de bom humor; por outro lado, é o diabo encarnado quando esse lhe escapa. A vida é cheia de acontecimentos caprichosos, Watson.

– Que podem terminar em tragédia.

– De fato, poderia ter terminado. Segui-o até a velha oficina de Straubenzee em Minories. Straubenzee fez uma arma de pressão, a meu ver um belo trabalho, e posso apostar que está posicionado na janela do outro lado da rua neste exato instante. Você viu o boneco? Claro, Billy mostrou-o a você. Bem, ele pode levar uma bala na bela cabeça a qualquer momento. Ah, Billy, algum problema?

O rapaz reapareceu na sala com um cartão sobre uma bandeja. Holmes deu uma olhada nele com as sobrancelhas erguidas e um sorriso jocoso.

– O homem em pessoa. Esperei ansiosamente por isso. Crie coragem, Watson! Um homem de fibra. Possivelmente você ouviu falar de sua reputação como atirador profissional. Seria certamente um final triunfante para sua carreira esportiva adicionar-me à lista de troféus. Esta é a prova definitiva de que ele sente meu dedo roçar-lhe o calcanhar.

– Mande chamar a polícia.

– É o que farei. Mas não ainda. Poderia dar uma espiada discreta pela janela, Watson, e verificar se alguém está rondando a casa?

Watson olhou com cautela pela fresta da cortina.

– Sim, há um sujeito de aspecto grosseiro junto à porta.

– Deve ser Sam Merton, o fiel mas nada esperto Sam. Onde está o tal cavalheiro, Billy?

– Na sala de espera, senhor.

– Faça-o entrar assim que eu soar a campainha.

– Sim, senhor.

– Se eu não estiver aqui na sala, conduza-o da mesma maneira.

– Sim, senhor.

Watson esperou até que a porta estivesse fechada, e então se voltou cheio de seriedade para seu companheiro.

– Olhe, Holmes, isto é simplesmente impossível. Trata-se de um homem desesperado, que não tem nada a perder. Pode ter vindo para assassiná-lo.

– O que não me causaria nenhuma surpresa.

– Insisto em ficar na sua companhia.

– Você seria uma pedra no caminho.

– No caminho *dele*?

– Não, meu querido companheiro, no meu.

– Bem, não posso de maneira alguma deixá-lo.

– Sim, você pode, Watson. E irá, pois nunca falhou no meio do jogo. Sei que você vai jogá-lo até o final. Este homem veio aqui por seus próprios interesses, mas acabará ficando pelos meus.

Holmes sacou o seu caderno de notas e rabiscou umas poucas linhas.

– Pegue um tílburi até a Scotland Yard e entregue este papel ao Youghal do Departamento de Investigação Criminal. Retorne com a polícia. A prisão do sujeito se dará em seguida.

– Cumprirei a missão com alegria.

– Antes do seu retorno, é provável que eu já tenha tido tempo suficiente para descobrir onde está a pedra.

Ele tocou a campainha.

– Creio que escaparemos pela passagem do quarto. Esta porta secundária é extremamente útil. Prefiro ver meu tubarão sem ser visto por ele e tenho, como você deve lembrar, um jeito próprio de fazê-lo.

Foi, portanto, numa sala vazia que Billy, um minuto depois, fez entrar conde Sylvius. O famoso boa-vida, atirador e esportista, era um sujeito grande e moreno, com um formidável bigode negro que escondia uma boca cruel e de lábios finos, tendo mais acima um nariz curvo e comprido, semelhante ao bico de uma águia. Estava bem-vestido, mas sua gravata berrante, seu alfinete reluzente e seus anéis brilhantes tinham, no conjunto, um efeito muito extravagante. Assim que a porta se fechou às suas costas, ele olhou com animosidade ao redor da sala, os olhos assustados, como alguém que suspeita haver uma armadilha em cada canto. Então teve um sobressalto ao ver a cabeça impassível e a gola do chambre que se destacavam sobre o encosto do sofá próximo à janela. A princípio, sua expressão foi de pura surpresa. Em seguida, a luz de uma horrível esperança fulgiu em seus olhos negros e homicidas. Deu mais uma olhada em volta para ver se não havia testemunhas, e então, na ponta dos pés, a longa bengala erguida à meia altura, aproximou-se da figura silenciosa. Estava armando o bote final quando uma voz fria e sardônica o saudou da porta aberta do quarto:

– Não o quebre, conde!, não o quebre!

O assassino retrocedeu, a surpresa estampada em seu rosto transtornado. Por um instante, ele reergueu um pouco a pesada bengala, como se quisesse transferir sua violência da efígie para o original; mas havia algo naqueles olhos cinzentos que o olhavam fixamente e naquele sorriso zombeteiro que fizeram com que ele baixasse a mão.

– É uma belezura – disse Holmes, avançando em direção à imagem. – Obra de Tavernier, o modelador francês. Ele é tão bom na arte da cera como seu amigo Straubenzee o é com armas de pressão.

– Armas de pressão, senhor? Do que está falando?

– Ponha o seu chapéu e a sua bengala sobre a mesinha. Importa-se de colocar o seu revólver ali também? Oh, tudo bem, se o senhor prefere sentar em cima dele. Sua visita vem realmente em boa hora, pois queria muitíssimo ter uma conversinha com o senhor.

O conde franziu o cenho, cerrando as sobrancelhas ameaçadoras.

– Também desejava trocar umas palavras com você, Holmes. Por isso estou aqui. Não vou negar que pretendia atacá-lo ainda agora.

Holmes balançou a perna na beira da mesa.

– Concluí efetivamente que o senhor tinha alguma idéia desse tipo na cabeça – ele disse. – Mas a que devo a honra de suas atenções pessoais?

– Você passou de todos os limites para me aborrecer, colocou seus capangas no meu encalço.

– Meus capangas!? Garanto-lhe que não!

– Bobagem! Mandei segui-los. Dois podem jogar esta partida, Holmes.

– Trata-se de um pequeno detalhe, conde Sylvius, mas talvez o senhor possa fazer a gentileza de me dar o meu prefixo quando se dirigir a mim. O senhor pode entender que, com minha rotina de trabalho, devo me sentir familiarizado com a metade da galeria dos patifes, e concordará que as exceções são de invejar.

– Tudo certo, *sr*. Holmes.

– Excelente! Garanto-lhe, porém, que está equivocado sobre os meus alegados agentes.

O conde Sylvius riu desdenhosamente.

– Outras pessoas podem observar tão bem quanto o senhor. Ontem era um velho esportista. Hoje, uma mulher idosa. Mantiveram-me o dia todo vigiado.

– O cavalheiro realmente me lisonjeia. O velho barão Dowson disse na noite anterior ao seu enforcamento que, no meu caso, a lei ganhou em detrimento do palco. E agora, o senhor dá aos meus pequenos disfarces tão gentis elogios!

– Era o senhor... em pessoa?

Holmes encolheu os ombros.

– Pode ver ali no canto a sombrinha que tão polidamente o senhor alcançou-me em Minories antes mesmo de começar a suspeitar.

– Se eu soubesse, o senhor nunca mais...

– Veria este humilde lar novamente. Eu tinha a perfeita noção do perigo. Todos nós temos oportunidades perdidas a deplorar. Assim, é por ter perdido a sua que aqui nos encontramos!

As sobrancelhas franzidas do conde caíram ainda mais pesadas sobre os seus olhos ameaçadores.

– As coisas que o senhor diz só pioram a situação. Não eram seus agentes, mas o senhor mesmo representando, bisbilhotando! E ainda admite que me perseguiu feito um cachorro. Por quê?

– Ora, vamos, conde. O senhor costumava atirar em leões na Argélia.

– E daí?

– Por que razão?

– Por quê? Pelo esporte... pela emoção... pelo risco!

– E, sem dúvida, para livrar o país de uma peste?

– Exatamente!

– Em resumo, minhas razões!

O conde pôs-se de pé, a mão involuntariamente escorregou para o bolso traseiro.

– Sente-se, cavalheiro, sente-se! Há outra razão ainda mais prática. Quero aquele diamante amarelo!

Conde Sylvius sentou-se novamente na poltrona, com um sorriso maligno.

– Tem minha palavra! – ele disse.

– O senhor sabia que esse era o motivo pelo qual eu o procurava. A verdadeira razão para estar aqui esta noite é descobrir o quanto eu sei sobre o assunto e, por conseguinte, se minha eliminação é absolutamente necessária. Bem, devo dizer que, do seu ponto de vista, *é* absolutamente necessário, uma vez que sei tudo o que há para saber, exceto por um detalhe, que o senhor logo me revelará.

– Oh, não me diga! E, por favor, qual é o detalhe que está faltando?

– Onde está o diamante da Coroa neste momento.

O conde olhou de modo atento para o seu interlocutor.

– Oh, o senhor quer realmente sabê-lo, não? Por que, diabos, eu seria capaz de lhe dizer onde ele está?

– O senhor não só pode, como irá me dizer.

– Não me faça rir!

– Não tente blefar comigo, conde Sylvius.

Os olhos de Holmes, fixos nele, contraíram-se e se iluminaram até que fossem como dois pontos ameaçadores de aço.

– O senhor não passa de um vidro espelhado. Posso enxergar o último recanto de sua mente.

– Então, obviamente, pode ver onde está o diamante!

Holmes aplaudiu com alegria e depois apontou um dedo com escárnio.

– Então o senhor sabe. Acaba de admiti-lo!

– Não admiti nada.

– Bem, conde, seja razoável, podemos fazer negócio. Caso contrário, temo por sua sorte.

Conde Sylvius voltou os olhos para o teto.

– E ainda tem a coragem de me falar sobre blefe! – ele disse.

Holmes olhou para ele de modo profundo, como um mestre enxadrista que medita sobre o seu lance final contra o rei. Então puxou a gaveta da mesa e retirou de lá um pequeno caderno de notas.

– Sabe o que eu guardo nestas páginas?

– Não, cavalheiro, não faço idéia!

– O senhor!

– Eu?

– Sim, cavalheiro! Tudo sobre o senhor está aqui, cada ação de sua existência vil e perigosa.

– Vá para o inferno, Holmes! – gritou o conde, com olhos flamejantes. – Paciência tem limite!

– Está tudo registrado, conde. Fatos reais como a morte da velha sra. Harold, que lhe deixou a propriedade Blymer, que o senhor rapidamente consumiu no jogo.

– O senhor está sonhando!

– E a história completa da vida da srta. Minnie Warrender.

– Tolice! Isso não prova nada!

– Há mais, conde. Está aqui o assalto ao trem de luxo para a Riviera no dia 13 de fevereiro de 1892. Também o cheque falsificado, no mesmo ano, contra o Credit Lyonnais.

– Não, neste último o senhor está errado.

– Então estou certo nos outros! Agora, conde, o senhor está se mostrando um jogador. Quando todos os trunfos estão com o adversário, poupa tempo deitar logo na mesa as cartas que tem em sua mão.

– O que toda essa conversa tem a ver com a jóia de que falou?

– Devagar, conde. Contenha essa sua impaciência! Deixe-me chegar ao ponto, da minha maneira, bem devagar. Bem, tenho tudo isso contra a sua pessoa; mas, acima de tudo, tenho o caso líquido do diamante da Coroa contra o senhor e o seu lutador fanfarrão.

"Tenho o cocheiro que o conduziu até Whitehall, e o cocheiro que o levou de volta. Tenho o mensageiro que o viu perto do estojo. Tenho Ikey Sanders, que se recusou a aceitar seu pedido de lapidar a pedra. Ikey abriu o bico, e o jogo acabou."

As veias saltaram na testa do conde. Suas mãos, cobertas de pêlos negros, estavam crispadas pela convulsão das emoções contidas. Ele tentava falar, mas as palavras lhe fugiam.

– É assim que eu jogo – disse Holmes. – Ponho todas as cartas sobre a mesa. Uma carta, contudo, continua faltando. É o rei de ouros. Não sei onde está a pedra.

– E jamais saberá.

– Não? Ora, seja razoável, conde. Considere a situação. O senhor vai pegar uma pena de vinte anos. Assim como Sam Merton. Que vantagem poderá tirar da posse do diamante? Nenhuma neste mundo. Mas se entregá-lo, bem, podemos fazer um acordo por debaixo dos panos. Não queremos nem o senhor, nem o Sam. Queremos a pedra. Desista e, até onde me diz respeito, poderá pode sair desta livre, desde que se comporte no futuro. E que uma coisa fique clara: seu próximo deslize será o último. Desta vez, porém, minha missão é pegar a pedra e não o senhor.

– E se eu me recusar?

– Nesse caso, será o senhor e não a pedra.

Billy reapareceu para atender o chamado da campainha.

– Acredito, conde, que seria melhor contarmos com a participação do seu amigo Sam nessa conferência. Afinal, os interesses dele também devem ser representados. Billy, há um cavalheiro imenso e feio na porta da frente. Peça para ele entrar.

– E se ele não quiser, senhor?

– Sem violência, Billy. Não seja duro com ele. Se você disser que o conde Sylvius quer falar com ele, certamente virá.

– O que pretende fazer agora? – perguntou o conde, assim que Billy desapareceu.

– Meu amigo Watson esteve ainda há pouco comigo. Disse-lhe que tinha na minha rede um tubarão e um peixe grande e tolo. Agora a estou arrastando e eis que os dois vêm juntos.

O conde ergueu-se da poltrona e colocou as mãos para trás. Holmes segurou alguma coisa que marcava o bolso do seu chambre.

– O senhor não morrerá na sua cama durante o sono, Holmes.

– Já tive várias vezes essa mesma impressão. Isso importa realmente? Afinal, conde, seu próprio fim está mais para se dar na perpendicular do que na horizontal. Mas essas antecipações do futuro são pura morbidez. Por que não nos atermos às alegrias irrestritas do presente?

Um brilho súbito e feroz eclodiu nos olhos negros e ameaçadores do mestre do crime. A figura de Holmes parecia ficar mais alta, à medida que ele ficava mais tenso e alerta.

– Não adianta ficar tocando o revólver, meu amigo – disse Holmes em voz baixa. – O senhor sabe perfeitamente que não se arriscaria a usá-lo, mesmo que eu lhe desse tempo para sacar. Os revólveres são nojentos e barulhentos, conde. Fique antes com as armas de pressão. Ah, falando nisso, creio ter ouvido os passos delicados do seu estimável parceiro. Como vai, sr. Merton. Um pouco monótona a rua, não?

O lutador premiado, um jovem de compleição pesada com o rosto achatado, estúpido e obstinado, parou de modo desajeitado junto à porta, olhando para ele com uma expressão confusa. A maneira cordial com que Holmes lhe tratou era uma nova experiência, e, apesar de ter a impressão de que havia uma vaga idéia de hostilidade no cumprimento, ele não sabia como encará-lo. Voltou-se para o seu parceiro mais astuto em busca de ajuda.

– Qual é a jogada agora, conde? O que esse sujeito está querendo? O que se passa?

A voz dele era rouca e profunda. O conde moveu os ombros com indiferença, e foi Holmes quem respondeu.

– Se me for permitido fazer um resumo da situação, deveria dizer que está *tudo* resolvido.

O boxeador continuava dirigindo seus comentários ao seu associado.

– Esse cara está bancando o engraçadinho ou o quê? Não estou com disposição para isso.

– Não, espero não ser engraçadinho – disse Holmes. – Creio que posso lhe prometer que o senhor sentirá seu humor piorar ainda mais com o decorrer da noite. Agora, olhe aqui, conde Sylvius. Sou um homem ocupado e não posso perder tempo. Entrarei naquele quarto. Rogo que se sintam em casa na minha ausência. O senhor pode explicar ao seu amigo em que pé as coisas estão sem o constrangimento da minha presença. Tentarei executar a Barcarolle de Hoffmann no violino. Retornarei em cinco minutos para a resposta definitiva.Entendeu bem as alternativas, não? Ou pegamos o senhor, ou pegamos a pedra.

Holmes retirou-se, carregando consigo o violino que estava num canto, pegando-o ao passar. Alguns instantes mais tarde, as notas chorosas da mais assombrosa das melodias atravessaram discretamente a porta do quarto fechado.

– O que é isso, afinal? – perguntou Merton com ansiedade, assim que seu companheiro se voltou em sua direção. – Ele sabe sobre a pedra?

– Sabe, sabe muito mais do que deveria. Não tenho certeza se ele já não sabia de tudo antes.

– Meu Deus! – exclamou o boxeador, a cara morena adquirindo uma tonalidade pálida.

– Ikey Sanders deu com a língua nos dentes.

– Ele nos... nos entregou? Ele me paga. Mesmo que eu vá para a forca, ele me paga.

– Isso não nos ajudará muito. Temos que decidir o que fazer agora.

– Um momento – disse o boxeador, olhando com suspeita para a porta do quarto. – Ele é um cara suspeito e quer nos vigiar. Devo acreditar que ele não esteja escutando?

– Como ele pode nos ouvir com toda essa música?

– Está certo. Talvez outra pessoa atrás das cortinas. Há cortinas demais nessa sala.

De repente, ele percebeu pela primeira vez, ao olhar em volta, a efígie próxima à janela. Ficou petrificado, apontando para ela com o dedo, espantado a ponto de perder a fala.

– Esqueça! É só um boneco – disse o conde.

– É uma farsa, não? Bem, me pegou em cheio!

O Madame Tussaud* não teria uma melhor. É o homem escarrado, de chambre e tudo. Mas essas cortinas, conde!

– Oh, esqueça as cortinas! Estamos perdendo nosso tempo e não nos resta muito. Ele pode nos prender por causa desta pedra.

– Que diabo!

– Mas nos deixará fugir se dissermos simplesmente onde está a jóia.

– O quê? E desistir de tudo? Abrir mão de cem mil libras?

– Ou um, ou outro.

Merton coçou a cabeça de cabelos bem curtos.

– Ele está sozinho lá dentro. Vamos apagá-lo. Se a luz dele se extinguir, não teremos nada a temer.

O conde balançou a cabeça.

– Ele está armado e preparado. Se atirarmos nele, dificilmente conseguiremos escapar deste lugar. Além do mais, já são suficientes para a polícia as evidências que ele reuniu até agora. Ei! O que é isso?

Ouviu-se um som vago que parecia vir da janela. Os dois homens deram um salto, mas tudo estava silencioso. Fora a estranha figura sentada no sofá, a sala estava certamente vazia.

– Alguma coisa vinda da rua – disse Merton. – Agora, veja bem, chefe. O senhor é o homem das idéias. É óbvio que vai encontrar um jeito de nos tirar daqui. Se passar a bala no sujeito está fora de questão, então é tudo com o senhor.

– Já enganei homens melhores do que ele – respondeu o conde. – A pedra está aqui no meu bolso secreto. Não quis correr nenhum risco deixando-a para

* Famoso museu britânico de figuras de cera. (N. do T.)

trás. Esta noite ela pode sair da Inglaterra e antes de domingo estará cortada em quatro partes em Amsterdã. Ele não sabe nada a respeito do Van Seddar.

– Pensei que o Van Seddar fosse partir só na semana seguinte.

– E *ia*. Agora, porém, terá que pegar o próximo barco. Um de nós deve escapar daqui com a pedra e levá-la até a rua Lime. É preciso avisá-lo.

– Mas o fundo falso ainda não está pronto.

– Bem, ele vai ter que se virar como se estivesse. Não há mais tempo a perder.

Novamente, com o senso de perigo que se torna instintivo no caçador, ele parou e olhou fixamente para a janela. Sim, com certeza era da rua que tinha vindo aquele som tênue.

– Quanto a Holmes – ele continuou –, podemos enganá-lo facilmente. Veja só. O desgraçado não irá nos prender se puder obter a pedra. Bem, é isso o que prometeremos: a pedra. Vamos colocá-lo numa pista errada e, antes que ele descubra o engodo, a pedra estará na Holanda; e nós, no estrangeiro.

– Isto soa como música aos meus ouvidos! – disse Sam Merton, arreganhando os dentes.

– Você vai dizer ao holandês para se preparar. Eu fico aqui com o otário e passo para ele a minha confissão mentirosa. Direi que a pedra está em Liverpool. Ai, esse violino choroso está acabando com meus nervos! Bem, no momento em que ele perceber que a pedra não está em Liverpool, ela estará dividida em quatro; e nós, na imensidão do mar azul. Você vai e volta, sem demoras. Aqui está a pedra.

– Pergunto-me como tem coragem para carregá-la.

– Onde ela estaria mais segura? Se conseguimos tirá-la de Whitehall, por que alguém não conseguiria tirá-la dos meus aposentos?

– Deixe-me dar uma olhada.

Conde Sylvius lançou um olhar nada amistoso para o seu comparsa, menosprezando as mãos sujas que o outro estendera em sua direção.

– Está pensando o quê? Que vou roubá-la? Veja bem, conde, estou ficando um pouco cansado desse seu jeito.

– Calma, calma. Sem ofensas, Sam. Não podemos nos dar o luxo de brigar. Chegue perto da janela se quiser ver o brilho em todo o seu esplendor. Coloque-a contra a luz. Assim!

– Obrigado!

Com um simples salto, Holmes ergueu-se do sofá onde era para estar o boneco e agarrou a jóia preciosa. Segurou-a com uma das mãos, enquanto a outra apontava um revólver para a cabeça do conde. Os dois vilões cambalearam para trás tomados de profundo assombro. Antes que eles pudessem se recuperar do choque, Holmes já fizera soar a campainha.

– Por favor, cavalheiros, sem violência. Imploro-lhes! Pensem na mobília! Já deve estar claro para os senhores que é uma situação insustentável. A polícia está esperando ali embaixo.

A perplexidade do conde superou a raiva e o medo.

– Com mil demônios, como foi que...? – perguntou numa voz sufocada.

– Sua surpresa é muito natural. O senhor não tinha conhecimento de que uma segunda porta no meu quarto conduz para uma passagem por detrás das cortinas. Desconfiei que tivessem escutado meu movimento quando troquei de lugar com o boneco, mas a sorte estava do meu lado. Isto me deu a oportunidade de ouvir a sua conversa apimentada, algo que seria impossível se os senhores estivessem conscientes da minha presença.

O conde fez um gesto de resignação.

– Você deu o melhor de si, Holmes. Acredito que você seja o diabo em pessoa.

– Não estou muito longe de sê-lo – respondeu Holmes, com um sorriso educado no rosto.

O intelecto menos privilegiado de Sam Merton somente aos poucos se deu conta da situação. Ao perceber os passos pesados ecoando na escada do lado de fora, finalmente rompeu o silêncio.

– Preso apenas por um homem! – ele disse. – Mas, me explique, como pode esse violino insuportável continuar tocando? Ainda posso escutá-lo.

– Calma, calma! – pediu Holmes. – O senhor está completamente certo, mas deixe-o tocando! Estes modernos gramofones são uma invenção admirável.

Houve uma invasão de policiais, as algemas estalaram e os criminosos foram conduzidos para o carro que os esperava. Watson deixou-se ficar com Holmes, congratulando-o por esta nova folha adicionada à sua coroa de louros. Mais uma vez a conversa entre eles foi interrompida pelo imperturbável Billy e sua bandeja de prata.

– Lorde Cantlemere, senhor.

– Faça-o entrar, Billy. Ele é um eminente par do reino, que representa os mais altos interesses – disse Holmes. – É uma pessoa excelente e leal, mas um tanto comprometida com o antigo regime. Devemos tirar-lhe a empáfia? Podemos nos dar a esse pequeno luxo? Ele não sabe, podemos conjeturar, nada do que aconteceu.

A porta abriu-se para que desse passagem a uma figura magra e austera, o rosto de traços marcados, com suíças curvas, negras e brilhantes, ao estilo que se usava na metade da era vitoriana, que dificilmente combinavam com seus ombros arredondados e seu modo delicado de andar.

Holmes avançou de modo afável, apertando-lhe a mão lassa.

– Como vai, lorde Cantlemere? Está um pouco frio para esta época do ano, mas aqui dentro a temperatura está um pouco mais amena. Posso tirar o seu sobretudo?

– Não, obrigado; prefiro ficar com ele.

Holmes pousou a mão insistentemente sobre a manga.

– Por favor, permita-me. Meu amigo, dr. Watson, pode lhe garantir que esses choques térmicos podem ser muito nocivos.

Tamanho cavalheirismo acabou por livrar o lorde – embora impaciente – da peça.

– Estou bastante à vontade, senhor. Não tenho nenhuma razão para me alongar. Estava passando e resolvi verificar como estava se saindo com a tarefa que o senhor mesmo se impôs.

– A dificuldade é grande... muito grande.

– Era o que eu temia.

Havia um certo desprezo nas palavras e maneiras do velho cortesão.

– Todo homem encontra suas limitações, sr. Holmes, mas veja pelo lado positivo: elas nos curam da fraqueza do amor-próprio.

– Sim, senhor, é verdade. Confesso-lhe minha perplexidade.

– Sem dúvida.

– Especialmente sobre um ponto. Será que pode me ajudar a desvendá-lo?

– Sua solicitação é um pouco tardia, não? Pensei que o senhor tivesse seus próprios métodos auto-suficientes. Apesar de tudo, estou disposto a ajudá-lo.

– Veja bem, lorde Cantlemere, podemos sem dúvida armar um caso contra os reais ladrões.

– Assim que o senhor conseguir prendê-los.

– Exatamente. A questão, porém, é: como devemos proceder com o receptador da mercadoria?

– Tal questão não é um tanto prematura?

– É sempre melhor termos nossos planos completamente traçados. Agora, o que o senhor consideraria a evidência definitiva contra o receptador?

– Estar de fato em posse da pedra.

– O senhor o prenderia por isso?

– Sem pestanejar.

Holmes raramente ria, mas chegou muito perto nesta ocasião, como o seu velho amigo Watson poderia lembrar.

– Neste caso, meu caro senhor, serei obrigado a cumprir a dolorosa tarefa de lhe dar voz de prisão.

Lorde Cantlemere ficou extremamente furioso. Um pouco daquela antiga vitalidade incendiou suas faces pálidas.

– O senhor tomou uma grande liberdade, sr. Holmes. Em cinqüenta anos de vida pública não consigo me recordar de nada semelhante. Sou um homem ocupado, senhor, cheio de afazeres importantes. Assim, não tenho tempo nem disposição para esse tipo de brincadeira. Vou lhe falar com franqueza, senhor. Nunca confiei nas suas habilidades, sempre fui da opinião de que o caso estaria muito melhor nas mãos da polícia. Sua conduta ratifica todas as minhas conclusões. Tenho o privilégio, senhor, de lhe desejar boa noite.

Holmes mudou rapidamente de posição, antepondo-se entre o par do reino e a porta.

– Um momento, senhor – ele disse. – Sair com a pedra Mazarino seria de fato ainda mais grave do que ser apanhado momentaneamente com ela.

– Senhor, isto é intolerável! Deixe-me passar.

– Ponha a mão no bolso direito do seu sobretudo.

– O que significa isso, senhor?

– Vamos... vamos. Faça o que lhe peço.

No instante seguinte, o par do reino, pasmado, ficou plantado, piscando e gaguejando, a imensa pedra amarela tremendo junto com a mão.

– Como!? Como!? Como pode ser isso, sr. Holmes?

– Que tragédia, lorde Cantlemere, que tragédia! – exclamou Holmes. – Meu velho amigo aqui lhe dirá que eu tenho o hábito inveterado de fazer brincadeiras. Ademais, que não resisto a situações dramáticas. Assim, tomei a liberdade, a grande liberdade, admito-o, de colocar a pedra no seu bolso no início da nossa conversa.

O olhar do velho par do reino ia da pedra para a cara risonha diante dele.

– Senhor, estou desnorteado. Mas... sim... é, de fato, a pedra Mazarino. Somos seus grandes devedores, sr. Holmes. Seu senso de humor, como o senhor mesmo admite, é de algum modo pervertido, e as demonstrações dele, visivelmente inoportunas. Por outro lado, sou obrigado a desistir das minhas dúvidas sobre suas habilidades profissionais. Mas diga-me como...

– O caso ainda não está concluído. Os detalhes, contudo, podem esperar. Sem dúvida, lorde Cantlemere, o prazer que o senhor terá em revelar o resultado satisfatório do caso ao retornar ao seu seleto círculo compensará de certo modo a minha brincadeira. Billy, mostre a saída para o cavalheiro e avise a sra. Hudson que ficarei contente se ela puder providenciar um jantar para dois com a máxima urgência.

A aventura d'As Três Empenas

Não creio que alguma das minhas aventuras com o sr. Holmes tenha começado de modo tão abrupto ou dramático como a que associo com o caso d'As Três Empenas. Eu ficara alguns dias sem ver Holmes e não tinha idéia do novo rumo que suas atividades tinham tomado. Ele estava, todavia, disposto a conversar naquela manhã, e logo após conduzir-me para a poltrona baixa e gasta ao lado da lareira, afundou-se, com o cachimbo na boca, no assento oposto, no exato instante em que nosso visitante chegava. Se eu tivesse dito que se tratava da chegada de um touro enlouquecido, teria dado uma impressão exata do que ocorreu.

A porta tinha sido escancarada, e um imenso negro se precipitara para dentro da sala. Ele poderia ser uma figura cômica se não tivesse um aspecto tão esplêndido, pois trajava um terno xadrez acinzentado berrante e uma delicada gravata cor de salmão. Sua cara larga e seu nariz achatado projetavam-se para frente, enquanto seus olhos escuros e soturnos, nos quais um brilho de malícia jazia latente, corriam de lá para cá, sem se fixar em nenhum de nós dois.

– Qual dos cavalheiros é mestre Holmes? – ele perguntou.

Holmes ergueu o cachimbo com um sorriso lânguido.

– Oh, é o senhor, não? – disse nosso visitante, aproximando-se com um passo desagradável e furtivo ao redor da mesa. – Escute bem, mestre Holmes, mantenha suas mãos fora do negócio dos outros. Deixe o pessoal cuidar de seus próprios assuntos. Entendeu, mestre Holmes?

– Prossiga – disse Holmes. – Está tudo certo.

– É mesmo? Tudo certo? – rosnou o selvagem. – Pois quero ver se vai achar tudo tão bom depois que eu lhe der um trato. Já lidei com gente da sua laia antes e posso garantir que, depois do meu tratamento especial, eles não pareciam nada bem. Olhe aqui, mestre Holmes!

Ele agitou um imenso punho, nodoso e disforme, passando rente ao nariz do meu amigo. Holmes examinou a manopla de perto, com um ar de grande interesse.

– O senhor nasceu desse jeito? – ele perguntou –, ou foi ficando assim aos poucos?

Pode ter sido a frieza glacial do meu amigo, ou talvez tenha sido o leve tinido que fiz ao pegar o atiçador de brasas. Seja o que for, os modos de nosso visitante se tornaram menos contundentes.

– Bem, dei-lhe um aviso claro – ele disse. – Tenho um amigo cujos negócios se dão lá para as bandas de Harrow, o senhor sabe do que estou falando, e ele não pretende aceitar a mínima intromissão da sua parte, entendeu? O senhor não é um homem da lei, eu também não. Não se esqueça disto: se aparecer, estarei lhe esperando.

– Gostaria de conhecê-lo já há algum tempo – disse Holmes. – Não peço para que se sente porque o seu cheiro me desagrada, mas o senhor não é Steve Dixie, o boxeador?

– Esse é meu nome, mestre Holmes, e o senhor ficará bem familiarizado com ele se me disser qualquer outro insulto.

– Um insulto é a última coisa de que o senhor precisa – disse Holmes, olhando fixamente para a boca medonha de nosso visitante. – O senhor, contudo, deve estar sabendo do assassinato do jovem Perkins em frente ao bar Holborn... O quê? Já está de saída?

O negro deu um salto para trás e seu semblante estava carregado. – Não quero saber desse tipo de conversa – ele disse. – O que tenho eu a ver com o tal do Perkins, mestre Holmes? Eu estava treinando no Ringue Bull em Birmingham quando esse rapaz arranjou confusão.

– Sim, o juiz terá o maior prazer em ouvir essa história, Steve – disse Holmes. – Estive vigiando você e Barney Stockdale...

– Deus me ajude!, mestre Holmes...

– Basta. Suma daqui. Quando precisar do senhor, vou buscá-lo.

– Bom dia, mestre Holmes. Espero que não haja ressentimentos por causa dessa visita.

– Haverá, a menos que me revele quem o mandou.

– Ora, não há nenhum segredo sobre isso, mestre Holmes. Trata-se do mesmo cavalheiro que o senhor recém mencionou.

– E quem levou esse cavalheiro a fazer isso?

– Valha-me, Deus! Não sei, mestre Holmes. Ele só me disse, "Steve, vá até o sr. Holmes e lhe diga que sua vida corre risco se ele for para os lados de Harrow". É a pura verdade.

Sem aguardar uma nova pergunta, nosso visitante escapou-se da sala com a mesma velocidade e precipitação com que antes entrara. Holmes removeu as cinzas de seu cachimbo com um riso discreto.

– Fico feliz que você não tenha sido forçado a quebrar-lhe a cabeça cabeluda. Observei suas manobras com o atiçador. Todavia, ele não passa de um sujeito inofensivo, um bebezão tolo e musculoso, que gosta de gargantear, mas que na verdade é facilmente domável, como você pôde ver. Ele é um dos elementos da gangue de Spencer John e tomou parte em alguns trabalhos sujos, dos quais mais tarde me ocuparei. Seu superior imediato, Barney, é um indivíduo mais astuto. Eles são especialistas em assaltos, intimidações e coisas do tipo. O que eu quero saber é: quem está por trás deles na presente ocasião?

– Mas por que eles querem intimidar você?

– Por causa do caso Harrow Weald. Essa visita acaba de me convencer a dar uma olhada no assunto, pois se há razão para que alguém se dê todo esse trabalho, deve haver alguma coisa aí.

– Mas o que será?

– Estava para lhe dizer quando tivemos este cômico interlúdio. Aqui está o bilhete da sra. Maberley. Se quiser vir comigo, telegrafaremos a ela para partirmos de uma vez.

> CARO SR. SHERLOCK HOLMES, [eu li]
>
> Uma sucessão de estranhos incidentes tem ocorrido comigo em relação a esta casa, e gostaria muitíssimo de ouvir a sua opinião. Amanhã, o senhor poderá me encontrar em casa a qualquer hora. Da estação Weald, chega-se à casa com uma caminhada curta. Creio que meu falecido marido, Mortimer Maberley, foi um dos seus primeiros clientes.
> Sinceramente,
>
> MARY MABERLEY

O endereço era "As Três Empenas, Harrow Weald".

– Por enquanto, é isso! – disse Holmes. – Agora, se você tiver tempo, Watson, tomaremos nosso rumo.

Uma curta viagem de trem e um breve trajeto de carruagem levaram-nos até a propriedade, uma casa de campo de madeira e tijolo, plantada na região do terreno em que o gramado era ralo. Três pequenas saliências sobre a janela mais alta tentavam debilmente justificar-lhe o nome. Nos fundos, havia um pequeno e melancólico bosque de pinheiros de médio porte. O aspecto geral do lugar passava uma idéia de pobreza e desolação. Apesar disso, encontramos a casa bem mobiliada; e a dama que nos recebeu, mesmo já entrada em anos, era atraente, afetando grande refinamento e cultura.

– Lembro muito bem do seu marido, madame – disse Holmes –, embora já faça alguns anos da última vez que ele utilizou meus serviços em uma situação trivial.

– Provavelmente o senhor esteja mais familiarizado com o nome do meu filho: Douglas.

Holmes olhou para ela com grande interesse.

– Nossa! A senhora é mãe do Douglas Maberley? Conheci-o de vista. Mas, claro, Londres inteira o conheceu. Que criatura magnífica! Por onde ele anda?

– Está morto, sr. Holmes, morto! Ele era *Attaché** em Roma, e lá, no mês passado, morreu de pneumonia.

– Meus pêsames. É difícil para qualquer um associar tal homem com a idéia de morte. Jamais conheci alguém tão vivaz. Ele vivia intensamente... cada fibra do seu ser emanava vitalidade!

– Intensamente e demais, sr. Holmes. Eis a causa de sua ruína. A memória que o senhor tem dele é a de um homem jovial e esplêndido. É porque não viu a criatura rabugenta, lerda e introspectiva que ele se tornou. Seu coração foi partido. A impressão que tive foi

---

* *Attaché*: adido. Em francês no original. (N. do T.)

a de que meu menino galante havia se transformado num homem cínico e acabado. Em um único mês!

– Um caso amoroso? Uma mulher?

– Ou algum demônio. Bem, não foi para falar do meu pobre filho que pedi que viesse, sr. Holmes.

– Dr. Watson e eu estamos à sua disposição.

– Alguns acontecimentos muito estranhos têm ocorrido por aqui. Faz mais de um ano que estou nessa casa e, como eu queria levar uma vida reservada, tenho visto pouco os meus vizinhos. Três dias atrás recebi um chamado de um homem que se dizia corretor de imóveis. Ele disse que esta casa serviria exatamente aos propósitos do seu cliente e que eu fizesse meu preço, pois dinheiro não seria problema. Pareceu-me bastante estranho, pois havia inúmeras casas vazias disponíveis no mercado e, aparentemente tão qualificadas quanto a minha, mas naturalmente fiquei interessada no que ele disse. Portanto, coloquei um preço: quinhentas libras a mais do que eu pagara por ela. Ele aceitou a oferta na hora, acrescentando que seu cliente desejava comprar também a mobília e que eu também lhe pusesse preço. Parte dessa mobília é oriunda da minha antiga casa, e, como os senhores podem ver, é de ótima qualidade. Desse modo, pedi uma boa quantia. Novamente ele aceitou de imediato. Sempre quis viajar, e o acordo era tão favorável que realmente me pareceu que eu seria senhora de mim pelo resto da vida.

"Ontem o homem chegou com o contrato todo preenchido. Por sorte, eu o mostrei ao meu advogado, o sr. Sutro, que mora em Harrow. Ele me disse, 'este é um documento muito estranho. A senhora está ciente de que ao assiná-lo não poderá legalmente retirar *nada* da casa – nem mesmo seus objetos pessoais?' Quando o homem voltou novamente à noite, apontei-lhe esse detalhe e lhe disse que queria vender somente a mobília.

'– Absolutamente. Tudo incluído' – ele retorquiu.

'– Mas e minhas roupas? E minhas jóias?'

'– Bem, bem, podemos fazer algumas concessões em relação aos seus objetos pessoais. No entanto, nada deverá sair da casa sem ser checado. Meu cliente é um homem muito liberal, mas tem suas idiossincrasias e uma maneira *sui generis* de resolver as coisas. Com ele, é tudo ou nada.'

"'Então será nada', eu disse. E assim ficou o assunto, mas a questão toda me pareceu tão incomum que pensei..."

Aqui tivemos uma interrupção muito extraordinária.

Holmes ergueu a mão para pedir silêncio. Depois atravessou a sala, abriu a porta de modo abrupto, arrastando para dentro uma mulher grande e macilenta, a quem ele agarrou pelos ombros. Ela entrou debatendo-se deselegantemente, como uma imensa galinha desajeitada, posta para fora do galinheiro aos cacarejos.

– Solte-me! O que o senhor está fazendo? – ela gritou.

– Qual é o motivo de tudo isso, Susan?

– Bem, madame, estava vindo perguntar se os visitantes iam ficar para o almoço quando este homem pulou sobre mim.

– Estive escutando esta moca durante os últimos cinco minutos, mas não queria interromper sua interessante narrativa. É um pouco asmática, Susan, não é? Sua respiração é muito pesada para esse tipo de trabalho.

Susan voltou a cara rabugenta mas espantada na direção do seu captor.

– Quem é o senhor, e que direito tem de me arrastar dessa maneira?

– Quero apenas fazer uma pergunta em sua presença. Sra. Malberley, a senhora mencionou para alguém que iria escrever para mim a fim de me consultar?

– Não, sr. Holmes, não mencionei.

– Quem postou a carta?

– Foi a Susan.

– Exatamente. Agora, Susan, para quem foi que escreveu ou enviou uma mensagem anunciando que sua patroa estava atrás do meu conselho?

– É mentira! Não enviei nenhuma mensagem.

– Vamos, Susan. Asmáticos não vivem muito. É uma coisa reprovável contar lorotas. A quem que informou a respeito da carta?

– Susan! – gritou a patroa –, sua mulher má e traiçoeira. Lembro agora de tê-la visto falando com alguém junto à cerca.

– Era assunto particular – disse a mulher com mau humor.

– E se eu lhe disser que a pessoa em questão se trata de Barney Stockdale?

– Ora, se o senhor já sabe, o que quer me perguntar?

– Eu não tinha certeza, mas agora tenho. Vejamos, Susan, que tal dez libras para me dizer quem está por trás do Barney?

– Alguém que pode oferecer mil libras para cada dez que o senhor tenha nesse mundo.

– Um homem rico, então? Não. Pelo seu sorriso... uma mulher rica. Agora que já fomos tão longe, não há nenhum mal em me dizer quem é a pessoa e levar as dez pratas.

– Vá para o inferno!

– Oh, Susan! Que linguajar!

– Vou dar o fora daqui. Cansei de vocês. Mando alguém buscar as minhas coisas amanhã.

Ela se precipitou para a porta.

– Adeus, Susan. Recomendo um calmante... Agora – ele continuou, passando subitamente de jocoso a sério, assim que a porta se fechou às costas da mulher furiosa e vermelha de raiva –, essa gangue não está para brincadeira. Veja como eles jogam de perto. A carta que a senhora me enviou está marcada com o horário de dez da noite. Nesse ínterim, Susan passa o serviço ao Barney. Barney tem tempo de ir até o seu patrão e colher as instruções. O patrão ou a patroa (estou inclinado à segunda possibilidade graças ao sorriso que Susan deu ao pensar que eu tinha errado) arquiteta um plano. Negro Steve é acionado, e eu recebo a intimidação às onze horas da manhã seguinte. Isto é trabalho rápido, percebem?

– Mas o que eles querem?

– Eis a questão! Quem era o proprietário anterior da casa?

– Um capitão reformado da marinha, um tal de Ferguson.

– Alguma informação relevante sobre ele?

– Não que eu saiba.

– Estava me perguntando se ele não poderia ter enterrado alguma coisa aqui. Claro, nos dias atuais, as pessoas costumam guardar seus tesouros em instituições bancárias. Sempre há, porém, alguns lunáticos. O mundo seria um lugar tedioso sem eles. Primeiramente, pensei em algum valor enterrado. Mas, se assim o fosse, por que iriam querer os seus móveis? A senhora não teria, sem saber, um quadro de Rafael ou uma primeira edição de Shakespeare em casa, teria?

– Não, não creio que haja nada mais raro aqui do que o meu jogo de chá de *Derby Crown**.

– Isto dificilmente justificaria todo esse mistério. Ademais, por que eles não revelam claramente seus propósitos? Se eles cobiçam o seu jogo de chá, podem tranqüilamente fazer uma oferta só por ele, sem ter que comprar a casa com tudo dentro. Não, a meu ver, há alguma coisa que possui sem saber, alguma coisa da qual a senhora certamente não abriria mão ao saber do que se trata.

– Tal é a maneira como entendo o caso – eu disse.

– Se o dr. Watson concorda, ninguém mais discorda.

– Bem, sr. Holmes, mas o que pode ser?

– Vejamos se, utilizando puramente a lógica, conseguimos chegar a uma situação mais favorável. A senhora mora nesta casa há um ano?

– Quase dois.

– Melhor ainda. Durante esse longo período ninguém lhe perturbou. Agora, de repente, no período de três ou quatro dias surgem todas essas demandas urgentes. O que se poderia concluir de tudo isso?

– Só pode significar – eu disse – que o objeto, o que quer que seja, recém chegou à casa.

– De acordo novamente – disse Holmes. – Agora, sra. Maberley, algum objeto chegou recentemente?

– Não. Não comprei nada de novo este ano.

– Não me diga! Isso é realmente importante. Bem, acho que o melhor a fazermos é deixar a questão evoluir um pouco mais, até que tenhamos os dados corretos. Seu advogado é um homem competente?

– O sr. Sutro é muito competente.

---

* Famoso estilo de cerâmica inglesa, desenvolvido há mais de dois séculos, rico em detalhes. (N. do T.)

– A senhora tem outra criada ou só estava aqui a bela Susan, que há pouco quase arrancou a porta fora?

– Tenho mais uma jovenzinha.

– Tente trazer Sutro para passar uma noite ou duas aqui na casa. A senhora possivelmente precisará de proteção.

– Contra quem?

– Quem sabe? A questão toda ainda é obscura. Se eu puder descobrir do que eles estão atrás, posso aproximar o caso de uma solução e tentar chegar ao cabeça. O corretor de imóveis deixou algum endereço?

– Apenas o cartão de visita. Haines-Johnson, leiloeiro e avaliador.

– Não creio que possamos encontrá-lo pelo catálogo de endereços. Negociantes honestos não escondem seus locais de trabalho. Bem, a senhora me colocará a par de qualquer novidade. Estou assumindo seu caso, e pode confiar que vou desvendá-lo.

Ao passarmos pelo saguão, os olhos de Holmes – que não deixavam passar nada – foram despertos por uma série de baús e caixas que estavam empilhados num dos cantos. Os selos revelavam-lhes a proveniência.

– "Milão". "Lucerna". Estas bagagens vêm da Itália.

– São os pertences do meu pobre Douglas.

– A senhora ainda não os desfez? Há quanto tempo chegaram?

– Foi na semana passada.

– Mas a senhora havia dito que... claro, eis o elo que estava faltando. Como sabe se não há algo de valor ali dentro?

– Não seria possível, sr. Holmes. O coitado do Douglas só recebia o salário e uma pequena anuidade. Como poderia possuir algo de valor?

Holmes ficou imerso em pensamentos.

– Não espere mais, sra. Maberley – ele disse por fim. – Leve essas coisas escada acima para o seu quarto. Examine-as assim que puder e veja o que contêm. Venho amanhã para ouvir o seu relato.

Era evidente que As Três Empenas estava sob vigilância cerrada, porque, ao dobrarmos a cerca alta ao final da vereda, lá estava o campeão de boxe negro, parado à sombra. Chegamos até ele de forma bastante abrupta, e que figura cruel e ameaçadora ele parecia naquele local ermo! Holmes enfiou a mão no bolso.

– Procurando pela arma, mestre Holmes?

– Não, pelo meu frasco de perfume, Steve.

– O senhor é engraçado, mestre Holmes, não é verdade?

– Quero ver se vai achar engraçado me ter na sua cola, Steve. Dei-lhe um aviso claro esta manhã.

– Está certo, mestre Holmes, pensei muito sobre o que o senhor me disse e não quero mais ouvir falar do caso do mestre Perkins. Suponha que eu possa ajudá-lo, mestre Holmes, e eu ajudarei.

– Bem, então comece por me dizer a mando de quem pegou este trabalho.

– Valha-me, Senhor!, mestre Holmes, eu lhe disse a verdade anteriormente. Não sei quem é. Apenas recebo as ordens do meu chefe Barney e é só.

– Está certo, Steve, mas mantenha em mente que a dama naquela casa e todas as coisas debaixo daquele teto estão sob minha proteção. Não se esqueça disso.

– Não esquecerei, mestre Holmes.

– Consegui fazê-lo temer pela própria pele, Watson – Holmes observou enquanto caminhávamos. – Creio que ele entregaria seu patrão se ele soubesse quem é. Foi pura sorte eu ter algum conhecimento da turma do Spencer John, e do Steve fazer parte dela.

Agora, Watson, este é um caso para Langdale Pike, e estou indo até ele neste exato momento. Ao voltar, talvez eu possa solucionar a questão.

Não vi mais Holmes durante o dia, mas posso muito bem imaginar como ele o passou, uma vez que Langdale Pike era a sua enciclopédia humana quando o assunto era os escândalos da sociedade. Essa estranha e lânguida criatura passava os dias na janela em arco de um clube na rua St. James. Langdale era a estação receptora e transmissora de todas as fofocas da metrópole. Ele conseguia, corria a boca pequena, uma remuneração de quatro dígitos pelas colunas que enviava semanalmente aos jornais sensacionalistas, ávidos por satisfazer as exigências de seu público. Se, por acaso, nas profundezas turvas da vida londrina, havia algum estranho golpe ou turbulência, ele era definido com precisão automática na superfície por esta espécie de marcador humano. Holmes discretamente ajudou Langdale com seus informes, sendo, ocasionalmente, ajudado em troca.

Quando encontrei meu amigo nos seus aposentos, logo no início da manhã seguinte, tive consciência, pela sua postura, de que tudo havia corrido bem, exceto por uma desagradável surpresa que nos aguardava. Ela se materializou no seguinte telegrama:

> Favor vir imediatamente. Casa da cliente assaltada à noite. Polícia acionada.
>
> SUTRO

Holmes assobiou.

– O drama chega ao seu momento de crise, e mais depressa do que eu esperava. Há um grande poder de comando por trás desse negócio, Watson, o que não me surpreende depois das coisas que me contaram. Esse Sutro, com certeza, é o advogado dela. Temo ter cometido um erro ao não pedir a você para passar a noite de sobreaviso. Esse sujeito mostrou claramente não ter fibra. Bem, agora não há nada que possamos fazer senão tomar outra vez o rumo de Harrow Weald.

Encontramos As Três Empenas de modo bastante diverso da ordenada e pacata construção do dia anterior. Um pequeno grupo de desocupados reunia-se no portão, enquanto alguns policiais examinavam as janelas e os canteiros de gerânio. Na parte de dentro, topamos com um cavalheiro velho e grisalho, que se apresentou como sendo o advogado, junto a um inspetor agitado e rubicundo, que cumprimentou Holmes como a um velho amigo.

– Que tal, sr. Holmes? Temo dizer que o senhor não é de nenhuma valia para esse caso. Apenas um arrombamento comum e corriqueiro, nada que fuja à capacidade da nossa pobre e velha polícia. Não é preciso nenhum especialista.

– Tenho certeza de que o caso está em boas mãos – disse Holmes. – O senhor acredita se tratar de arrombamento simples e banal, correto?

– Exatamente. Sabemos muito bem quem são os envolvidos e onde encontrá-los. É obra da gangue de Barney Stockdale, ajudada por aquele negro grandalhão... Eles foram vistos pelas redondezas.

– Excelente! O que eles levaram?

– Bem, parece que não foi grande coisa. A sra. Maberley foi sedada com clorofórmio, e a casa... Ah! Aqui está a dama em pessoa.

Nossa amiga de ontem, aparentando palidez e fraqueza, entrou na sala amparada pela criadinha.

– O senhor me deu um ótimo conselho, sr. Holmes

– ela disse, com um sorriso pesaroso. – Ai de mim!, não o aceitei! Não quis incomodar o sr. Sutro e assim fiquei desprotegida.

– Soube do acontecido esta manhã – explicou o advogado.

– O sr. Holmes me aconselhou a ter algum amigo na casa. Paguei por minha negligência.

– A senhora parece muito abatida – disse Holmes. – Talvez não esteja em condições de me relatar o que ocorreu.

– Está tudo aqui – disse o inspetor, batendo de leve sobre um volumoso caderno de notas.

– De qualquer modo, se a senhora não estiver muito cansada...

– Há realmente tão pouco a dizer. Não tenho nenhuma dúvida de que a malvada Susan indicou-lhes o caminho. Deviam estar cientes de cada detalhe da casa. Percebi por um momento que me cobriam a boca com um pano embebido em clorofórmio, mas não tenho a mais vaga idéia de quanto tempo fiquei desacordada. Ao acordar, havia um homem ao lado da cama e um outro estava se erguendo com um pacote retirado da bagagem do meu filho, parcialmente aberta e espalhada no chão. Antes que ele pudesse partir, saltei sobre ele e o agarrei.

– A senhora se arriscou muito – disse o inspetor.

– Agarrei-me nele, mas ele se desvencilhou de mim e o outro deve ter me acertado, pois não recordo de mais nada. Mary, a criada, ouviu o barulho e começou a gritar pela janela. Foi o que alertou a polícia, mas os canalhas já tinham fugido.

– O que eles levaram?

– Bem, não dei por falta de nada valioso. Tenho certeza de que não havia nada nos baús do meu filho.

– Os homens deixaram alguma pista?

– Restou uma folha de papel que arranquei do homem ao agarrá-lo. Ela ficou caída no chão, toda amarrotada. Está preenchida com a letra do meu filho.

– O que significa que não terá muita utilidade – disse o inspetor. – Já se fosse a letra do assaltante...

– Exatamente! – disse Holmes. – Que bela demonstração de bom senso! Apesar disso, gostaria de dar uma olhada nela.

O inspetor retirou uma folha dobrada de papel ofício de dentro do seu caderno de notas.

– Não deixo passar nada, mesmo que pareça insignificante – ele disse, com certa pomposidade. – Tal é meu conselho para o senhor, sr. Holmes. Depois de 25 anos no batente, aprendi a lição. Há sempre a chance de restarem impressões digitais ou algo assim.

Holmes inspecionou a folha de papel.

– Qual a sua opinião, inspetor?

– Parece ser a parte final de algum estranho romance, até onde entendo.

– É bem provável que seja o final de um conto estranho – disse Holmes. – Reparou no número no topo da página? 245. Onde estão as outras excêntricas 244 páginas?

– Ora, suponho que os ladrões as levaram. Que lhes façam bom proveito!

– É um tanto estranho invadir uma casa para roubar esse tipo de papel. Isso lhe sugere alguma coisa, inspetor?

– Sim, senhor. Sugere que na precipitação da fuga, os canalhas agarraram o que estava mais à mão. Espero que eles aproveitem bem o que pegaram.

– Por que eles pegariam as coisas do meu filho? – perguntou a sra. Maberley.

– Bem, eles não encontraram nada de valor no primeiro andar. Então, resolveram tentar a sorte no segundo. É o que me parece. O que o senhor acha, sr. Holmes?

– Preciso refletir sobre a questão, inspetor. Venha até a janela, Watson.

Ao ficarmos lado a lado, ele leu o fragmento no papel. O texto começava no meio de uma frase e dizia o seguinte:

> "...rosto sangrava consideravelmente com os cortes e arranhões, mas não era nada comparado à sangria de seu coração ao ver o adorável rosto dela, o rosto pelo qual ele estava disposto a sacrificar a própria vida, contemplando sua agonia e humilhação. Ela sorria – sim, por Deus!, ela sorria, como o demônio impiedoso que era, quando ele ergueu os olhos para ela. Foi naquele momento que o amor morreu e nasceu o ódio. O homem deve viver para alguma coisa. Se não for para abraçá-la, minha senhora, que seja para ver sua ruína e a minha completa vingança".

– Que estranha mudança gramatical! – disse Holmes, com um sorriso, enquanto devolvia o papel ao inspetor. – Percebeu a súbita transição do "ele" para o "minha"? O escritor estava tão envolvido por sua própria história que no momento supremo imaginou a si mesmo como o herói.

– Parece-me uma grandessíssima porcaria – disse o inspetor, ao recolocar a folha no seu caderno. – O quê!? Já está de partida, sr. Holmes?

– Creio não haver mais nada para eu fazer por aqui, visto que o caso agora está em mãos tão capacitadas. A propósito, sra. Maberley, a senhora disse que queria viajar?

– Sempre foi meu sonho, sr. Holmes.

– Para onde gostaria de ir? Cairo, Madeira, a Riviera?

– Oh! Se eu tivesse dinheiro viajaria o mundo todo.

– De acordo. Uma volta ao mundo. Bem, tenha um bom dia. Devo lhe enviar um telegrama até o final da tarde.

Ao passarmos pela janela, vi de relance que o inspetor sorria e meneava a cabeça. "Esses sujeitos inteligentes sempre têm uma pitada de loucura." Isto foi o que li no sorriso do inspetor.

– Agora, Watson, estamos na última volta da nossa pequena jornada – disse Holmes, quando já retornávamos ao ruidoso centro de Londres. – Penso que o melhor seja resolvermos de uma vez a questão, e seria bom que você viesse comigo, porque é sempre mais seguro ter uma testemunha consigo quando se está lidando com uma dama da laia de Isadora Klein.

Pegamos um tílburi e nos dirigimos rapidamente para um endereço na praça Grosvenor. Holmes estivera imerso em pensamentos, mas, de súbito, retornou à realidade.

– A essas alturas, Watson, suponho que você já tenha matado a charada, certo?

– Não, não posso dizer isso. Apenas concluo que estamos indo visitar a senhora que está por trás de toda essa desagradável situação.

– Exatamente! O nome de Isadora Klein, porém, não lhe diz nada? Ela foi, sem dúvida, uma famosa beldade. Nenhuma mulher chegava a seus pés. O sangue que corre em suas veias é genuinamente espanhol, o verdadeiro sangue dos grandes conquistadores. É descendente de uma linhagem que comandou Pernambuco por gerações. Acabou se casando com o rei do açúcar, o velho alemão Klein, e, pouco tempo depois, tornou-se a mais rica e adorável viúva sobre a face da Terra. Bem, houve então um período de aventuras em que se dedicou a satisfazer seus próprios desejos. Teve diversos amantes, e Douglas Maberley, um dos mais belos homens de Londres, foi um deles. No fim das contas, para Douglas, foi muito mais do que uma simples aventura. Ele não era uma mariposa da sociedade, mas sim um homem forte e orgulhoso, que se comprometia plenamente. Ela, no entanto, é a *belle dame sans merci** da ficção. Quando o capricho dela é satisfeito, o assunto está encerrado; e se a outra parte envolvida não consegue entender a mensagem, ela sabe perfeitamente como fazê-lo.

– Então aquela era a própria história dele...

– Ah!, agora você começa a juntar as peças. Ouvi dizer que ela está para casar com o jovem duque de Lomond, que tem idade para ser seu filho. Uma mãe graciosa como essa pode muito bem ocultar a idade, mas não o grande escândalo que tal união iria provocar. Assim, é imperativo que... Ah!, aqui estamos.

Era uma das melhores casas de esquina do West End. Um lacaio que mais parecia uma máquina recebeu nossos cartões e os retornou dizendo que a dama não estava em casa.

– Então será preciso esperar até que ela esteja – disse Holmes, de modo jovial.

A máquina converteu-se em gente.

– Quando eu disse que ela não estava em casa, quis dizer que não estava em casa para *os senhores* – disse o lacaio.

---

* *Belle dame sans merci*: bela dama sem piedade. Em francês no original. (N. do T.)

– Muito bem – Holmes respondeu. – Isso significa que não teremos que esperar. Por gentileza, entregue este bilhete à sua patroa.

Rabiscou três ou quatro linhas sobre uma folha do seu caderno de notas, dobrou-a e a alcançou para o homem.

– O que você escreveu, Holmes? – perguntei.

– Simplesmente: "Será que devemos então chamar a polícia?". Acredito que isso garantirá nossa entrada.

De fato, garantiu – com surpreendente rapidez. Um minuto depois estávamos numa sala de visitas saída de *As mil e uma noites*, ampla e maravilhosa, mergulhada na penumbra, atenuada lá e cá por lâmpadas elétricas que emitiam uma luz rosada. A senhora havia chegado, pude perceber, àquela fase da vida em que mesmo a mais bela e orgulhosa das mulheres sente-se mais à vontade a meia-luz. Assim que entramos, ela se ergueu do canapé: alta, majestosa, de medidas perfeitas, um rosto adorável como uma bela máscara, coroado com dois olhos de Espanha, olhos que revelavam um ímpeto assassino contra nós.

– A que se deve esta intrusão?... E essa mensagem ofensiva? – ela indagou, segurando a folha de papel.

– Não preciso me explicar, madame. Prezo muito sua inteligência para proceder dessa maneira; se bem que eu deva confessar que tal inteligência anda em falta ultimamente.

– Como assim, senhor?

– Achando que os seus capangas de aluguel poderiam me intimidar. Nenhum homem, certamente, escolheria minha profissão se não tivesse uma queda pelo perigo. Assim, foi a senhora quem me forçou a pegar o caso do jovem Maberley.

– Não tenho a mais vaga idéia a respeito do que o senhor está falando. Que tenho eu a ver com capangas de aluguel?

Holmes despediu-se, afetando aborrecimento.

– Sim, não dei o devido apreço à sua inteligência. Bem, tenha uma boa tarde!

– Pare! Onde o senhor está indo?

– À Scotland Yard.

Não estávamos nem a meio caminho da porta quando ela nos alcançou, segurando o braço dele. Em um momento, ela havia se transformado de aço em veludo.

– Ora, queiram sentar-se, cavalheiros. Vamos conversar melhor sobre o assunto. Sinto que posso ser franca com você, Holmes, que tem os sentimentos de um cavalheiro. Como os instintos de uma mulher conseguem perceber isso com rapidez. Considero-o, a partir de agora, um amigo.

– Não posso prometer reciprocidade, madame. Não sou a lei, mas represento a justiça até onde alcançam meus fracos poderes. Estou pronto para ouvi-la. Só depois é que lhe direi o que pretendo fazer.

– Não tenho dúvida de que foi tolice minha tentar ameaçar um homem da sua bravura.

– O que foi realmente tolice, madame, foi colocar-se nas mãos de uma canalha que pode chantageá-la ou mesmo entregá-la à polícia.

– Não, não! Eu não sou tão simplória. Já que prometi ser franca, devo dizer que ninguém, exceto Barney Stockdale e Susan, sua esposa, tem idéia de quem seja o mandante. Quanto a eles, bem, não é a primeira vez...

Ela sorriu e meneou a cabeça, toda coquete, com uma encantadora intimidade.

– Percebo. Já os tinha testado anteriormente.

– Eles são bons cães de caça que correm e não ladram.

– Tais cães de caça, cedo ou tarde, acabam mordendo a mão de quem os alimenta. Eles serão presos pelo arrombamento em questão. A polícia já os persegue.

– Eles agüentarão no osso. É para isso que são pagos. Minha participação não será revelada.

– A não ser que eu o faça.

– Não, não. Isso não seria do seu feitio. O senhor é um cavalheiro. Cavalheiros não revelam o segredo de uma mulher.

– Em primeiro lugar, é preciso que a senhora devolva o manuscrito.

Ela rompeu em risadas, caminhando até a lareira. Lá havia uma massa calcinada que ela dissolveu com o atiçador.

– É isto que o senhor quer que eu devolva? – ela perguntou. Tinha um ar tão sem-vergonha e tão extraordinário, ali plantada diante de nós com seu sorriso desafiador, que senti que, entre todos os criminosos que Holmes já enfrentara, ela seria a mais difícil de ser encarada. Entretanto, ele não se deixava dominar pelos sentimentos.

– Este ato selou seu destino – ele disse friamente. – A senhora age com bastante rapidez, madame, mas nesta ocasião ultrapassou todos os limites.

Ela jogou o atiçador no chão, provocando um enorme ruído.

– Como o senhor é insensível – ela exclamou. – Posso lhe contar a história toda?

– Suponho que eu poderia contá-la para a senhora.

– Mas precisa enxergá-la com meus olhos, sr. Holmes. Precisa compreendê-la do ponto de vista de uma mulher que percebe que todas as suas ambições estão prestes a desmoronar no último momento. Pode uma mulher nessa situação ser culpada por se autodefender?

– O pecado original foi seu.

– Sim, sim!, eu admito. Ele era um bom garoto, Douglas, mas aconteceu que ele não cabia mais nos meus planos. Queria casamento – casamento, sr. Holmes? – com um plebeu sem um tostão. Só o casamento poderia contentá-lo. Então se tornou um sujeito teimoso. Porque eu havia me dado a ele completamente, arrogou-se o direito de querer exclusividade sobre mim, algo intolerável. Por fim, tive que fazer com que ele entendesse a situação.

– Contratando rufiões para espancá-lo debaixo da janela da sua própria casa.

– Você realmente parece saber de tudo. Bem, é verdade. Barney e os rapazes conduziram-no para longe daqui e foram um pouco duros com ele. Mas o que foi que ele fez então? Poderia eu acreditar que um cavalheiro seria capaz de um ato dessa espécie? Ele escreveu um livro no qual narrava a história de si mesmo. Comigo, é claro, no papel de lobo; e ele, no de cordeiro. Todos os detalhes estavam lá, mascarados, obviamente, por nomes fictícios. Mas quem em Londres teria dificuldade em reconhecer a quem se referiam esses nomes? O que me diz disso, Holmes?

– Ora, que ele estava dentro dos seus direitos.

– Foi como se o ar da Itália tivesse contaminado o sangue dele, dotando-lhe do velho e cruel espírito daquela terra. Douglas escreveu-me e me enviou uma cópia do livro para que eu pudesse sofrer por antecipação. Havia duas cópias, ele disse: uma para mim e outra para o editor.

– Como sabia que o editor ainda não havia entrado em contato com ele?

– Eu sabia quem era o seu editor, e descobri que ele não havia recebido nada da Itália. Não era o primeiro livro de Douglas, como você sabe. Logo veio a notícia de sua morte repentina. Enquanto a outra cópia do manuscrito estivesse solta pelo mundo, eu não estaria segura. É claro, o livro devia estar junto com os pertences dele, que seriam retornados para a casa da mãe. Coloquei a gangue em ação. Um deles infiltrou-se na casa fingindo-se de criada. Queria fazer a coisa de modo honesto. Eu realmente queria. Estava pronta para comprar a casa com tudo dentro. Ofereci, sem me importar, o preço que ela pediu. Só lancei mão do outro expediente quando tudo mais havia falhado. Agora, Holmes, consentindo que eu tenha sido muito cruel com o Douglas (e Deus sabe o quanto lamento isso!), o que mais eu podia fazer, tendo em vista que todo meu futuro estava em jogo?

Sherlock Holmes encolheu os ombros.

– Muito bem – ele disse. – Suponho que eu deva resolver uma felonia, como de costume. Quanto custaria uma viagem de primeira classe ao redor do mundo?

A dama encarou-o espantada.

– Cinco mil libras seriam o suficiente? – ele perguntou.

– Creio que sim, de fato!

– Ótimo. Acredito que a senhora assinará um cheque para mim nesse valor, e eu farei com que ele chegue às mãos da sra. Maberley. A senhora lhe deve uma pequena mudança de ares. Enquanto isso, minha dama – e acenou-lhe com o dedo em riste –, tome cuidado!, muito cuidado! A senhora não pode brincar eternamente com ferramentas afiadas sem cortar essas suas mãos apetitosas.

A aventura do vampiro de Sussex

Holmes havia lido cuidadosamente um bilhete recebido no último lote do correio. Assim, com um ruído seco na garganta – o que nele mais se aproximava de uma risada –, lançou-me o papel.

– Para uma mistura do moderno e do medieval, do prático e da mais selvagem fantasia, isso é certamente o limite – ele disse. – O que você acha, Watson?

Eis o que li:

46 Old Jewry, 19 de novembro

Assunto: Vampiros

Senhor:

Nosso cliente, sr. Robert Ferguson, da firma Ferguson & Muirhead, vendedores de chá de Mincing Lane, fez-nos uma consulta em memorando desta mesma data, a respeito de vampiros. Como nossa firma é especializada exclusivamente na avaliação de maquinarias, o assunto da consulta foge de nossa alçada. Desse modo, recomendamos ao sr. Ferguson que o procurasse e lhe expusesse a situação. Ainda não nos esquecemos do sucesso que o senhor obteve na solução do caso *Matilda Briggs*.

Cordialmente,

Morrison, Morrison e Dodd

E. J. C.

– *Matilda Briggs* não era o nome de uma mulher, Watson – afirmou Holmes, com a voz de quem se recorda de algo. – Era um navio que estava associado ao rato gigante da Sumatra, uma história para a qual o mundo ainda não está preparado. Afinal, o que nós sabemos sobre vampiros? Isso também não foge de nossa alçada? Qualquer coisa é melhor do que ficarmos neste marasmo, mas é como se nos transportassem para dentro de um conto de fadas dos Grimm. Estique o braço, Watson, e veja o que "V" tem a nos dizer.

Reclinei-me e peguei o volumoso arquivo a que ele se referia. Holmes equilibrou-o nos joelhos e seus olhos se moveram, vagarosa e amorosamente, pelo registro de casos antigos, misturados com as informações acumuladas ao longo de uma vida inteira.

– Viagem de *Gloria Scott* – leu. – Esse foi um mau negócio. Tenho uma vaga recordação de que você fez anotações sobre o caso, Watson, apesar de que eu estivesse impossibilitado de congratulá-lo pelo resultado. Vitor Lynch, o falsificador. Veneno de lagarto ou de *Gila**. Que grande caso! Vittoria, a beldade do circo. Vanderbilt e o vagabundo. Víboras. Vigor, a maravilha de Hammersmith. Que beleza! Bom e velho arquivo. Não há como vencê-lo. Escute isso, Watson. Vampirismo na Hungria. E, ainda, Vampiros na Transilvânia.

Holmes virou as páginas com energia, mas, após uma breve e concentrada leitura, deixou cair o grande livro com um esgar de descontentamento.

– Tolices, Watson, apenas tolices! O que podemos fazer com cadáveres ambulantes que só podem ser mantidos em seus caixões se tiverem seus corações trespassados por estacas? Isso é pura loucura.

– Certamente – eu lhe disse –, mas o vampiro não é necessariamente um homem morto, é? Uma pes-

---

* Lagarto venenoso encontrado no sudoeste dos EUA e no México. (N. do T.)

soa viva pode ter o mesmo hábito. Já escutei, por exemplo, histórias de velhos que bebiam o sangue de jovens a fim de se apropriar de sua juventude.

– Você está certo, Watson. Isso é mencionado em uma das lendas aqui na referência. Ainda assim, estamos dispostos a dar a devida atenção a tais coisas? Esta agência sempre manteve os pés firmes no chão e assim deve continuar. O mundo real já é suficientemente amplo para nós; não precisamos investir no ramo das assombrações. Receio não podermos levar muito a sério o sr. Robert Ferguson. É possível que a outra carta tenha sido escrita por ele, e talvez esta nos lance alguma luz sobre o problema que o aflige.

Holmes pegou então uma segunda carta, que havia estado despercebida sobre a mesa enquanto ainda se ocupava da primeira. Começou a lê-la com um agradável sorriso, que gradualmente foi-se transformando em uma expressão de intenso interesse e concentração. Ao terminar a leitura, permaneceu parado um pouco, imerso em pensamentos, a carta balançando entre os dedos. Finalmente, com um estremecer, retornou de seu devaneio.

– Cheeseman's, Lamberley. Onde fica Lamberley, Watson?

– Fica em Sussex, ao sul de Horsham.

– Não é muito longe, certo? E Cheeseman's?

– Conheço a região, Holmes. Está cheia de velhas casas que foram batizadas com os nomes dos que as construíram séculos atrás. Há as do Odley, do Harvey, do Carriton... as pessoas já estão esquecidas, mas seus nomes permanecem vivos nas casas que ergueram.

– Precisamente – disse Holmes, com frieza.

Essa era uma das peculiaridades de sua natureza contida e orgulhosa. Pois que, embora estivesse armazenando em sua mente qualquer nova informação de maneira muito silenciosa e acurada, não fornecia qualquer pista a seu interlocutor acerca desse procedimento.

– Creio que antes de chegarmos ao final dessa história, saberemos muito mais sobre Cheeseman's, Lamberley. A carta é, como eu havia suposto, de Robert Ferguson. A propósito, ele alega ter intimidade com você.

– Comigo?!

– Melhor você ler.

Holmes alcançou-me a carta. Estava encabeçada com o endereço já citado.

Prezado sr. Holmes [dizia]:

Fui recomendado ao senhor por meus advogados; no entanto, por ser a questão extraordinariamente delicada, é muito difícil para mim expô-la. Ela diz respeito a um amigo que estou representando. Este cavalheiro casou-se há cinco anos com uma moça peruana, filha de um comerciante desse mesmo país, a quem ele conheceu em virtude de um negócio relacionado à importação de nitrato. A moça era lindíssima, mas o fato de ser nascida no estrangeiro e acreditar em uma religião diferente sempre causou uma separação dos interesses e dos sentimentos entre marido e esposa. Com o tempo, o amor que ele nutria por ela foi esfriando. Foi quando começou a considerar a união de ambos um erro; sentia que havia traços no caráter dela que jamais poderia explorar ou entender – o que era ainda mais doloroso, uma vez que ela era a esposa mais amorosa que um homem poderia desejar, devotada em todos os aspectos.

Agora, vamos ao ponto que esclarecerei quando nos encontrarmos. De fato, esta carta serve meramente para dar ao senhor uma idéia geral da situação e também para que eu me certifique do seu interesse pela questão. A moça começou a mostrar um comportamento bastante estranho, muito diferente de suas tradicionais doçura e gentileza. O cavalheiro em questão havia sido casado anteriormente e possuía um filho com a primeira esposa. Este garoto, agora com quinze anos, é um jovem muito meigo e afetivo, apesar da infeliz lesão que sofreu em um acidente ainda na infância. Por duas vezes, sua madrasta foi surpreendida maltratando-lhe sem qualquer provocação aparente. Numa dessas ocasiões, ela o acertou com um pedaço de pau, deixando-lhe um enorme vergão no braço.

Isso foi, entretanto, coisa pequena, se comparada ao que ela fez ao próprio filho, um adorável garoto de apenas um ano de idade. Em certa ocasião, há um mês, a criança foi deixada pela babá por alguns minutos sozinha. Um berro do bebê, na certa de dor, chamou-a de volta ao quarto. Ao entrar correndo na peça, viu sua patroa debruçada sobre o bebê, aparentemente mordendo-lhe o pescoço. Havia neste local um pequeno ferimento, donde escorria um filete de sangue. A babá ficou tão horrorizada que quis chamar o patrão, mas a mulher implorou para que ela não o fizesse e lhe ofereceu, como preço por seu silêncio, cinco libras. Nenhuma explicação para o acontecimento jamais foi dada, e as coisas ficaram por isso mesmo.

Restou, porém, uma terrível impressão na memória da babá, que a partir daquele momento começou a seguir de perto os passos da patroa, mantendo o bebê, por quem nutre um profundo carinho, sob a máxima vigilância. Parecia-lhe que, da mesma forma que vigiava a mãe, esta a vigiava, sempre que tinha de deixar o bebê sozinho, a mãe estava esperando para aproximar-se dele. Dia e noite a babá o protegeu, dia e noite a silenciosa e atenta mãe parecia estar à espreita, como um lobo à espera de uma ovelha. Deve parecer inacreditável para você; no entanto, peço que avalie seriamente o que escrevo. A vida de uma criança e a sanidade de um homem podem depender disso.

Por fim, chegou o terrível dia em que os fatos não puderam mais ser escondidos do marido. A babá – com os nervos em frangalhos – não pôde mais resistir à situação, revelando ao homem tudo o que trazia preso no peito. Para ele, o relato pareceu uma absurda fantasia, como talvez possa estar parecendo ao senhor. Tinha a mulher como uma pessoa adorável e, salvo as agressões ao enteado, como uma mãe amorosa. Sendo assim, por que ela machucaria seu próprio e querido bebê? Disse à babá que ela estava delirando, que suas suspeitas eram coisa de uma lunática e que tais acusações contra sua patroa não seriam toleradas. Enquanto eles conversavam, ouviu-se um surpreendente grito de dor. A babá e o patrão foram correndo até o berçário. Imagine o que ele sentiu, sr. Holmes, ao ver a esposa, ajoelhada junto à caminha, erguer-se, revelando o sangue exposto no pescoço do bebê e também o que escorrera sobre os lençóis. Com um grito de horror, ele trouxe o rosto da mulher para a luz e pôde ver-lhe os lábios encharcados de sangue. Fora ela – sem sombra de dúvida – quem havia ferido e sugado o sangue da pobre criança.

Assim ficou a questão. Agora ela confinou-se no próprio quarto. Não houve qualquer explicação para o ocorrido. O marido está quase enlouquecendo. Tanto ele quanto eu sabemos sobre vampirismo pouco além do significado da expressão. Pensávamos que tal lenda fosse coisa de terras estrangeiras. E, todavia, ei-la em pleno coração do Sussex inglês...

Pois bem, tudo isso pode ser discutido com o senhor pela manhã. Virá me ver? Poderá usar de suas habilidades para ajudar um homem perturbado? Se a resposta for afirmativa, por favor, telegrafe para Ferguson, Cheeseman's, Lamberley, e estarei em seu escritório por volta das dez horas.

Cordialmente,

ROBERT FERGUSON

P. S.: Acredito que seu amigo Watson jogou no time de *rugby* do Blackheath, quando eu era *three-quarter** do Richmond. Essa é a única apresentação pessoal que tenho a oferecer.

– Claro que me lembro dele – eu disse ao terminar de ler a carta. – O grande Bob Ferguson, o melhor *three-quarter* que o Richmond já teve. Sempre foi um sujeito de bom coração. É típico dele estar tão preocupado com o problema de um amigo.

Holmes olhou-me pensativo e meneou a cabeça.

– Nunca chego ao limite de suas capacidades, Watson – constatou. – Há muitas ainda a explorar. Mande a resposta, como um bom companheiro faria. Escreva: "Examinaremos seu caso com prazer".

– Seu caso?!

– Não devemos deixar que ele pense que esta agência é um lar de excepcionais. É claro que se trata do caso *dele*. Mande-lhe o telegrama e deixe o assunto descansar até de manhã.

Pontualmente, às dez horas do dia seguinte, Ferguson entrou em nosso escritório. Lembrava-me dele como um homem alto e esguio, dotado de braços e

* Posição de central ou de ala no *rugby*. (N. do T.)

pernas finos, que lhe possibilitavam grandes arrancadas nas partidas, vencendo muitos adversários. Não há, com certeza, nada mais doloroso na vida do que ver a decadência de um grande atleta que se tenha conhecido na melhor fase da carreira. A grande figura que ele fora não existia mais. Sua bela cabeleira agora era escassa, seus ombros haviam se encurvado. Temo que eu tenha despertado nele emoções semelhantes.

– Olá, sr. Watson – ele disse, e sua voz continuava profunda e calorosa. – O senhor não se parece muito com o homem que certa vez joguei sobre as cordas e que foi cair no meio da torcida no velho parque Deer. Devo ter mudado um pouquinho também. Mas foram esses últimos dias que me envelheceram. Vejo por seu telegrama, sr. Holmes, que não foi de nenhuma valia me fazer passar por representante de um amigo.

– É mais fácil tratar diretamente com o interessado – disse Holmes.

– Claro que é. Mas o senhor pode imaginar como é difícil fazê-lo, quando estamos falando da mulher de quem devemos cuidar e proteger. O que posso fazer? Quem sou eu para ir até a polícia com uma história dessas!? E, apesar de tudo, as crianças precisam ser preservadas. Isso é loucura, sr. Holmes? Tem alguma coisa a ver com o sangue? Já teve em sua carreira algum caso similar? Por Deus, dê-me algum conselho, cheguei ao meu limite!

– Naturalmente, sr. Ferguson. Agora sente-se aqui e se recomponha, preciso de algumas respostas claras. Posso assegurar que ainda estou muito longe de estar no meu limite e que estou confiante de que encontraremos uma solução. Primeiro de tudo: fale-me das providências que o senhor já tomou. Sua esposa continua perto das crianças?

– Tivemos uma cena tenebrosa. Ela é uma mulher adorável, sr. Holmes. Se alguma vez uma mulher amou um homem de corpo e alma, foi desse modo que ela me amou. Ficou arrasada por eu ter descoberto esse horrível, esse incrível segredo. Não quis nem ao menos falar. Não deu qualquer resposta às minhas repreensões, senão o olhar com um quê de selvagem, o olhar desesperado que me lançou. Então, ela correu para seu quarto e nele se trancou. Não quis mais me ver. Está lá com uma criada que já trabalhava para ela antes do casamento; se chama Dolores... é mais uma amiga do que uma empregada. Dolores leva a comida para ela.

– Então o bebê está fora de perigo imediato?

– A sra. Mason, a babá, jurou que não irá deixá-lo nem de dia, nem de noite. Posso confiar plenamente nela. Estou mais preocupado é com o pobrezinho do Jack, pois, como escrevi na carta, ele foi atacado duas vezes por minha mulher.

– Mas nunca mordido?

– Não. Ela bateu nele com força. O que é ainda mais terrível, visto que ele não passa de um pobre menino aleijado.

As feições angulosas de Ferguson abrandavam-se ao falar do filho.

– O senhor também imaginaria que a condição do rapazinho faria amolecer o coração de qualquer pessoa. Uma queda na infância e uma espinha torcida, sr. Holmes. E, apesar de tudo, traz dentro de si o mais doce, o mais amável coração.

Holmes havia pegado a carta do dia anterior e estava relendo-a.

– Quais são as outras pessoas que habitam sua casa, sr. Ferguson?

– Duas criadas, que estão há pouco tempo conosco; Michael, que cuida dos estábulos e dorme na casa; minha esposa, eu, meu filho Jack, o bebê, Dolores e a sra. Mason. É isso.

– Suponho que o senhor não conhecesse bem sua esposa na época do casamento.

– Fazia poucas semanas que a conhecera.

– Há quanto tempo essa Dolores está com ela?

– Há alguns anos.

– Então o caráter de sua esposa deve ser mais conhecido por Dolores do que pelo senhor?

– Sim, pode-se dizer que sim.

Holmes tomou nota.

– Acredito que serei mais útil em Lamberley do que aqui – disse ele, por fim. – É um caso em que a investigação pessoal é indispensável. Se ela continua trancada no quarto, nossa presença não lhe será inconveniente. Claro, ficaremos numa pousada.

Ferguson expressou todo o seu alívio.

– Era o que eu esperava, sr. Holmes. Há um ótimo trem que sai às duas de Victoria. Se os senhores puderem vir...

– Certamente iremos. As coisas estão calmas por aqui. Podemos dedicar-lhe toda nossa energia. Watson, com certeza, irá conosco. Há alguns pontos, entretanto, que quero esclarecer antes de começarmos. Esta infeliz mulher, sua esposa, pelo que entendi, atacou as duas crianças, o próprio bebê e o seu filho, certo?

– Isso mesmo.

– Os ataques, porém, se deram de formas diferentes, não? Ela bateu no enteado.

– Uma vez com um pedaço de pau e outra com as próprias mãos, de modo selvagem.

– Ela deu alguma explicação para esses atos?

– Nada além de dizer que o odiava. Ela repetiu isso muitas vezes.

– Bem, não é algo totalmente estranho no que diz respeito a madrastas. Chamemos de um ciúme póstumo. Sua atual esposa possui uma natureza ciumenta?

– Sim, ela é muito... muito ciumenta. Com toda a ardente força de sua natureza tropical.

– Mas o garoto... ele está com quinze anos; entendo que já tenha, provavelmente, uma mente muito desenvolvida, até em função de seu corpo ter os movimentos limitados. Ele lhe forneceu alguma explicação para as agressões?

– Não, ele afirmou não haver qualquer motivo.

– Eles chegaram a ser amigos durante algum tempo?

– Não, nunca houve qualquer afeto entre os dois.

– Embora o senhor diga que ele é um rapaz afetivo?

– Nunca poderá haver no mundo filho mais devotado. Minha vida é a dele. Está sempre interessado no que digo e no que faço.

Mais uma vez Holmes tomou nota. Por algum tempo, ficou imerso em pensamentos.

– Não há dúvida de que o senhor e seu filho eram grandes camaradas antes desse segundo casamento. Eram muito próximos, estou certo?

– Muito.

– E o menino, possuindo uma natureza tão sentimental, era devotado, sem dúvida, à memória da mãe?

– Muitíssimo.

– Deve ser um rapaz interessante. Há ainda um último ponto. Os ataques ao bebê e ao seu filho se deram no mesmo período?

– Na primeira vez, sim. Ela foi tomada por um frenesi e descarregou a raiva sobre os dois. Na segunda vez, apenas Jack foi quem sofreu. A sra. Mason não apresentou nenhuma queixa sobre o bebê.

– Isso certamente complica o caso.

– Não entendo sua linha de raciocínio, sr. Holmes.

– Provavelmente não. O procedimento normal consiste em formular teorias provisórias e esperar pelo tempo ou por um maior conhecimento dos fatos para descartá-las. É um mau hábito, sr. Ferguson. A natureza humana, porém, é fraca. Temo que seu velho amigo Watson tenha lhe fornecido uma visão exagerada dos meus métodos científicos. Entretanto, direi apenas que, no atual estágio, o seu problema não me parece insolúvel. E que o senhor pode nos esperar em Victoria às duas da tarde.

Era o entardecer de um sonolento e brumoso dia de novembro quando, tendo deixado nossas bagagens na pousada Chequers, em Lamberley, rumamos através da lama de Sussex por uma longa estrada, até finalmente chegarmos na isolada e antiga casa de fazenda dos Ferguson. Era uma grande construção, um tanto irregular, sendo que muito velha na parte central e muito nova nas alas, que tinham chaminés ao estilo Tudor e telhas do tipo Horsham, cobertas de liquens. Os degraus da entrada estavam curvos de tão gastos; os antigos azulejos que demarcavam a entrada eram gravados com o relevo de um homem e de um queijo, sobrepostos pelo nome do construtor do prédio. Na parte interna, o teto tinha um aspecto enrugado, devido às pesadas vigas de carvalho que o sustentavam; e o assoalho, também irregular, possuía sulcos profundos. Um cheiro de decrepitude e decadência emanava de todo o prédio, à beira da ruína.

Havia um grande salão através do qual Ferguson nos guiou. Ali, numa enorme e antiquada lareira, com uma tela de ferro trazendo a data de 1670, ardia uma esplêndida chama.

O aposento era, como pude perceber ao olhar em volta, uma mistura singular de épocas e lugares. As paredes, com a metade inferior revestida de madeira, bem poderiam ser idéia do proprietário original, o fazendeiro do século 17. Essas mesmas paredes eram ornadas logo acima do revestimento por uma linha de modernas e bem escolhidas aquarelas, enquanto na parte superior, onde o reboco amarelado estava exposto até o teto de carvalho, havia pendurada uma bela coleção de artefatos e armas sul-americanas, trazidos, sem dúvida, pela senhora peruana do andar de cima. Holmes ergueu-se, com aquela curiosidade veloz que brotava em sua mente agitada, e examinou cuidadosamente a coleção. Retornou com um olhar pensativo.

– Olá! – exclamou Ferguson de repente. – Olá!

Um *cocker spaniel*, que estivera deitado num cesto no canto da sala, veio em direção ao seu dono, andando devagar e com dificuldade. Suas patas traseiras moviam-se irregularmente, e seu rabo se arrastava pelo chão. Foi lamber-lhe a mão.

– Algum problema, sr. Holmes?

– O cachorro. O que há com ele?

– Nem o veterinário soube dizer. Um tipo de paralisia. Meningite espinhal é seu palpite. Mas está passando. Ficará bom logo... não é, Carlo?

Era possível reconhecer um sinal de assentimento no modo como o cão abanava o rabo. Com um olhar melancólico, encarou-nos um a um. Sabia que estávamos discutindo sua situação.

– Isso aconteceu de modo súbito?

– Numa única noite.

– Há quanto tempo?

– Uns quatro meses.

– Notável. Muito sugestivo.

– O que o senhor vê nisso, sr. Holmes?

– Uma confirmação para o que eu já estava pensando.

– Pelo amor de Deus, e o que é que estava pensando, sr. Holmes? Pode ser apenas um quebra-cabeça intelectual para o senhor, mas para mim, para mim é uma questão de vida ou morte! Minha mulher, quase uma assassina... meu caçula em constante perigo! Não brinque comigo, sr. Holmes. Isso é terrivelmente sério.

O imenso jogador de *rugby* tremia todo. Holmes pôs a mão sutilmente sobre seu braço.

– Temo que será doloroso para o senhor, sr. Ferguson, seja qual for a solução – advertiu. – Tentarei poupá-lo enquanto puder. Não posso dizer mais nada no momento, mas antes de deixar esta casa, espero ter algo de definitivo.

– Por favor, que Deus o permita! Se os senhores puderem me dar licença, cavalheiros, irei até o quarto de minha mulher para ver se há alguma mudança em seu estado.

Ele ficou fora por alguns minutos, durante os quais Holmes novamente examinou os curiosos objetos pendurados na parede. Quando nosso anfitrião retornou, estava claro pela expressão de seu rosto que não obtivera qualquer progresso. Trouxe consigo uma garota alta, magra e morena.

– O chá está pronto, Dolores – disse Ferguson. – Veja se sua patroa tem tudo de que necessita.

– Ela está *mui mala* – vociferou a garota, olhando com indignação para o patrão. – Ela *no* quer comida. Precisa de *doctor*. *Tengo miedo* de estar *sola* com ela *sin doctor*.

Ferguson olhou-me suplicante.

– Ficarei satisfeito se puder ser de alguma serventia.

– Sua patroa poderia ver o dr. Watson?

– Eu levo ele. *Sin* pedir. Ela precisa *del doctor*.

– Então irei com a senhorita agora mesmo.

Segui a garota, que estava trêmula de emoção, pela escada e depois através de um antigo corredor. No final, havia uma pesada porta de carvalho chapeada com ferro. Perturbou-me o fato de que se Ferguson tentasse forçar o caminho até sua esposa não seria nada fácil obter sucesso com aquela porta. A garota tirou uma chave do bolso, e as pesadas vigas de carvalho da porta fizeram ranger as dobradiças. Eu entrei, e ela logo se esgueirou para dentro, fechando com rapidez a porta às suas costas.

A mulher deitada na cama dava todos os sinais de estar sendo consumida por uma febre alta. Estava semiconsciente, mas, ao perceber minha entrada, ergueu-me um par de olhos, assustados porém belíssimos, mirando-me com apreensão. Vendo tratar-se de um estranho, pareceu relaxar e, com um suspiro, voltou a mergulhar a cabeça no travesseiro. Aproximei-me com algumas palavras tranqüilizadoras, e ela ficou imóvel enquanto eu tomava seu pulso e sua temperatura. Ambos estavam altos, e, apesar disso, tive a impressão de que esse estado era mais fruto do nervosismo e da excitação do que sintoma de alguma doença.

– Ela está assim *hay uno* ou *dos* dias. *Tengo miedo* que morra – disse a garota.

A mulher virou sua face bela e avermelhada em minha direção.

– Onde está meu marido?

– Ele está lá embaixo e gostaria de vê-la.

– Não quero vê-lo. Não quero vê-lo.

Então ela pareceu entrar em um estado de delírio.

– Um diabo! Um diabo! Oh, o que devo fazer com esse demônio?

– Posso ajudá-la de alguma maneira?

– Não. Ninguém pode me ajudar. Está terminado. Tudo está perdido. O que quer que eu faça, tudo está perdido.

A mulher devia estar delirando. Eu não conseguia ver o honesto Bob Ferguson no papel de um diabo ou demônio.

– Madame – eu disse –, seu marido a ama profundamente. Ele está consternado pelo que está acontecendo.

Novamente ela voltou-me aqueles olhos magníficos.

– Ele me ama. Sim. Mas será que eu o amo? Logo eu, que decidi me sacrificar em vez de partir-lhe o coração bondoso? É dessa maneira que eu o amo! E, apesar disso tudo, ele foi capaz de pensar que eu... de falar desse modo sobre mim.

– Ele está sofrendo, mas não consegue entender.

– Não, ele não consegue entender. Mas deveria confiar.

– Não seria melhor a senhora vê-lo? – sugeri.

– Não, não. Não posso esquecer as terríveis palavras nem o olhar em seu rosto. Não quero vê-lo. Vá agora. Não há nada que o senhor possa fazer por mim. Diga-lhe apenas uma coisa: quero meu filho, tenho o direito de ficar com meu filho. É a única mensagem que tenho para ele.

Então ela virou o rosto para a parede; certamente não me diria mais nada.

Retornei para a sala no andar de baixo, onde Ferguson e Holmes permaneciam sentados em frente à lareira. Ferguson ouviu com tristeza meu relato sobre a entrevista.

– Como posso mandar a criança para ela? – ele disse. – Como prever que estranho impulso irá dominá-la?

Como poderei esquecer a cena dela se erguendo com os lábios cheios de sangue?

Ele estremeceu com a recordação.

– A criança está a salvo com a sra. Mason, e com ela deve permanecer.

Uma empregada esperta, a única coisa moderna que havíamos visto na casa, trouxe-nos chá. Enquanto ela nos servia, a porta principal se abriu e um jovem entrou na sala. Era um garoto notável, de rosto pálido e cabelos loiros, com brilhantes e claros olhos azuis, pelos quais passou um brilho de emoção e alegria ao vislumbrar o pai. Correu até ele e o abraçou como se fosse uma garotinha adorável, envolvendo-lhe o pescoço.

– Oh, papai! – exclamou –, não sabia que o senhor já tinha chegado. Eu deveria estar aqui antes para encontrá-lo. Oh, estou tão feliz!

Ferguson desvencilhou-se gentilmente do filho, demonstrando um certo embaraço.

– Querido companheiro – ele disse, alisando-lhe os cabelos suavemente com a mão –, voltei porque meus amigos, sr. Holmes e dr. Watson, aceitaram passar a noite aqui conosco.

– Este é o sr. Holmes, o detetive?

– Sim.

O jovem nos olhou de maneira penetrante e, a meu ver, nada amigável.

– E o seu outro filho, sr. Ferguson? – perguntou Holmes. – Será que podemos conhecê-lo?

– Peça a sra. Mason para trazer o bebê até aqui embaixo – disse Ferguson.

O garoto se foi com um jeito curioso de mancar, o que, para meu olho clínico, revelava um caso de fraqueza na espinha. Logo retornou, trazendo atrás de si uma mulher alta e magra, que segurava entre os braços uma belíssima criança, de olhos negros e cabelos loiros, uma maravilhosa mistura entre o sangue saxão e o latino. Ferguson mostrou uma forte devoção por ele, tomando-o nos braços, aninhando-o com carinho.

– Não sei como alguém pode ter coragem de machucá-lo – disse baixinho, ao vislumbrar a pequena marca vermelha no pescoço da criança.

Foi nesse momento que tive a chance de olhar para Holmes e perceber em sua expressão o mais profundo interesse. Era como se seu rosto tivesse sido esculpido em antigo marfim e seus olhos, os quais pousaram momentaneamente sobre pai e filho, estivessem agora fixados com extrema curiosidade em algum ponto no outro lado da sala. Seguindo seu olhar, pude apenas supor que estivesse olhando para o melancólico jardim, através da janela. É verdade que uma cortina, fechada até a metade, obstruía a visão do que estava do lado de fora; mas era, certamente, para a janela que Holmes dirigia toda a sua concentrada atenção. Então ele sorriu, e seus olhos voltaram-se para o bebê. No pescocinho deste achava-se a pequena marca. Sem nada dizer, Holmes a examinou com cuidado. Finalmente, pegou e sacudiu um dos pulsos roliços que se agitavam à sua frente.

– Adeus, pequenino. Você teve um começo de vida muito estranho. Ama, poderíamos conversar em particular?

Eles se afastaram e conversaram seriamente durante alguns minutos. Consegui captar apenas suas últimas palavras: “Sua angústia, eu espero, logo estará encerrada”. A mulher, que parecia ser uma criatura azeda e calada, afastou-se com a criança.

– Que tal essa sra. Mason? – Holmes perguntou ao Ferguson.

– Não é de aparência muito agradável, como o senhor pôde ver, mas tem um coração de ouro e é devotada ao bebê.

– Gosta dela, pequeno Jack?

Holmes voltou-se de repente para o garoto. O rostinho expressivo encobriu-se de sombras e ele balançou a cabeça.

– Jack nutre profundas simpatias e antipatias pelas pessoas – revelou Ferguson, colocando o braço em volta do garoto. – Por sorte, estou entre as simpatias.

O garoto concordou, aconchegando-se no peito do pai. Ferguson gentilmente se desvencilhou.

– Agora vá, pequeno Jack – disse, e observou o filho, com os olhos cheios de ternura, até que ele desaparecesse. – Bem, sr. Holmes – continuou –, realmente sinto que o coloquei em uma missão insana; diante da qual, como poderia querer ainda que o senhor me tivesse simpatia? Deve ser um caso excessivamente delicado e complexo para o seu ponto de vista.

– Certamente é delicado – disse meu amigo, com um sorriso gracioso –, mas ainda não estou convencido de sua complexidade. Até agora este tem sido um caso para dedução intelectual. E quando a dedução intelectual original vai sendo confirmada, passo a passo, por um pequeno número de ocorrências independentes, o que a princípio era subjetivo se torna objetivo, e então podemos dizer com confiança que alcançamos nossa meta. Eu tinha, de fato, chegado a uma conclusão antes mesmo de deixarmos a Baker Street; o resto tem sido meramente observação e confirmação.

Ferguson levou a enorme mão à testa enrugada.

– Pelo amor de Deus, sr. Holmes! – exclamou roucamente. – Se o senhor encontrou a solução para o problema, por favor, não mantenha mais o suspense.

Como é que eu fico? O que devo fazer? Não me interesso por seus métodos, quero apenas saber a que conclusão o senhor chegou.

– Certamente lhe devo uma explicação, e o senhor a terá. Tenho sua permissão, contudo, para resolver as coisas à minha maneira? A dama pode nos receber, Watson?

– Ela está doente, mas se mantém lúcida – respondi.

– Ótimo. Somente na presença dela poderemos esclarecer toda a questão. Vamos subir.

– Ela não vai me receber.

– Ah, sim, ela vai – disse Holmes. Rabiscou algumas linhas em uma folha de papel. – Você ao menos tem acesso ao quarto, Watson. Pode fazer a gentileza de entregar este bilhete à dama?

Subi novamente a escada e entreguei o papel a Dolores, que abrira a porta cuidadosamente. Um minuto depois, ouvi um choro que vinha de dentro do quarto, um choro em que a alegria e a surpresa pareciam misturadas. Dolores retornou.

– Ela vai ver *ustedes*. Ela vai *oír* – ela disse.

Ao meu chamado, Ferguson e Holmes subiram. Quando entramos no quarto, Ferguson deu um passo ou dois em direção à esposa, que ergueu-se na cama e agitou os braços, num gesto de repulsa. Ele afundou em uma poltrona, enquanto Holmes sentou-se ao seu lado, após cumprimentar a senhora, que o fitou com os olhos esbugalhados de espanto.

– Creio que podemos dispensar Dolores – disse Holmes. – Oh, muito bem, madame, se quer que ela permaneça, não faço qualquer objeção. E agora, sr. Ferguson, por eu ser um homem muito ocupado e requisitado, meus métodos têm de ser dinâmicos e eficientes.

A cirurgia rápida é a menos dolorosa. Deixe-me dizer primeiro algo para aliviar sua alma. Sua esposa é uma mulher muito boa, muito amorosa e muito maltratada.

– Prove o que diz, sr. Holmes, e estarei para sempre em débito com o senhor.

– Farei isso, mas ao fazê-lo, irei magoá-lo profundamente em relação a outra pessoa.

– Não me importo, contanto que inocente minha mulher. Tudo o mais na Terra é insignificante, comparado a isso.

– Deixe-me inteirá-lo, então, da linha de raciocínio que minha mente seguiu ainda na Baker Street. A idéia de um vampiro era absurda. Tais coisas não fazem parte das práticas criminais na Inglaterra. E, apesar disso, sua observação foi precisa. O senhor tinha visto sua esposa erguer-se junto ao berço do bebê com os lábios cheios de sangue.

– Eu vi.

– Não lhe ocorreu que uma ferida aberta pudesse estar sendo sugada por outra razão que não a de beber o sangue da vítima? Não houve uma rainha na história inglesa que sugou o sangue de uma ferida a fim de retirar dela um veneno?

– Veneno!

– Ah, e uma dona de casa sul-americana... Meu instinto sentiu a presença daquelas armas penduradas na parede antes mesmo de vê-las. Poderia ser outro tipo de veneno, mas foi o que me ocorreu. Quando vi o pequeno estojo para flechas vazio ao lado do arco, tive a confirmação de que necessitava. Se o bebê fosse atingido por uma dessas flechas embebidas em curare ou em outra droga maligna, poderia ser fatal, caso o veneno não fosse sugado e extraído.

"E o cachorro? Se alguém fosse usar tal veneno, não o testaria primeiro para ver se não perderia o efeito? Eu não havia previsto o cachorro, mas, ao menos, eu o percebi, incluindo-o na minha reconstituição.

"Compreende agora? Sua esposa temia tal ataque. Ela o viu ser executado e salvou a vida do bebê; apesar disso, escondeu-lhe a verdade, pois sabia que o senhor amava o garoto e o quanto ficaria magoado ao saber do incidente."

– O pequeno Jack!

– Observei a reação do seu filho, enquanto o senhor acariciava o bebê ainda há pouco. O rosto dele estava claramente refletido no vidro da janela. Poucas vez vi um rosto humano tão tomado pelo ciúme, por um ódio tão cruel

– Meu pequeno Jack!

– É preciso encarar os fatos, sr. Ferguson. Isso é ainda mais doloroso, porque ele nutre um amor distorcido, um amor maníaco e exagerado pelo senhor, e possivelmente pela falecida mãe, que o levou a agir dessa maneira. A alma do garoto está consumida pelo ódio a esta criança, cuja beleza e saúde servem de contraste à sua própria fraqueza.

– Meu Deus! É incrível!

– Falei a verdade, madame?

A mulher soluçava, com o rosto enterrado no travesseiro. Então, ela se voltou para o marido.

– Como eu poderia lhe contar, Bob? Sabia que seria um golpe para você. O melhor era esperar até que a verdade se revelasse por outros lábios que não os meus. Quando este cavalheiro, que parece ter poderes mágicos, escreveu que sabia de tudo, fiquei exultante.

– Penso que o ideal seja um ano de viagem pelos mares para o nosso Jack – disse Holmes, levantando-se da cadeira. – Apenas uma coisa continua nebulosa, madame. Podemos entender seus ataques ao nosso Jack;

afinal, há um limite para a paciência materna. Mas como a senhora teve coragem de abandonar o bebê nesses dois últimos dias?

– Eu tinha contado tudo para a senhora Mason. Ela sabia.

– Exatamente. Como imaginei.

Ferguson estava parado junto à cama, chocado, as mãos estendidas e trêmulas.

– Talvez essa seja, acredito, a oportunidade para a nossa saída, Watson – disse Holmes, num sussurro. – Se você segurar num dos cotovelos da fiel Dolores, eu pegarei no outro. Vamos, agora – acrescentou, ao fechar a porta a suas costas. – Deixemos que resolvam seus problemas entre si.

Tenho, sobre este caso, apenas mais uma pequena nota. É a carta que Holmes escreveu como resposta final àquela primeira que abriu esta narrativa. Segue assim:

BAKER STREET,
21 de novembro
Assunto: Vampiros
SENHOR,

Com referência à carta do último dia 19, comunico-lhe que cuidei dos interesses de seu cliente, o sr. Robert Ferguson, de Ferguson & Muirhead, vendedores de chá de Mincing Lane, e que o assunto obteve um desfecho satisfatório. Grato por sua recomendação,

Atenciosamente,
SHERLOCK HOLMES

A AVENTURA DOS TRÊS GARRIDEBS

PODERIA TER SIDO UMA COMÉDIA, ASSIM COMO UMA tragédia. Custou a sanidade de um homem, custou-me um derramamento de sangue, e, custou ainda, a outro homem, as penalidades da lei. Havia, contudo, certamente um elemento de comédia. Bem, é preciso que vocês julguem por si mesmos.

Lembro-me da data com precisão, pois foi no mesmo mês em que Holmes recusou um título honorífico por serviços prestados, os quais talvez um dia sejam descritos. Apenas me refiro ao assunto de passagem, uma vez que minha condição de sócio me obriga a ser particularmente cuidadoso, a fim de evitar qualquer indiscrição. Repito, contudo, que esse acontecimento me permite fixar a data: os últimos dias de junho de 1902. Logo após o término da Guerra da África do Sul, Holmes passou vários dias na cama, como era seu hábito de tempos em tempos. Naquela manhã, porém, apareceu trazendo na mão um documento em papel ofício e nos olhos, austeros e cinzentos, uma cintilação de divertimento.

– Há uma oportunidade para você fazer algum dinheiro, amigo Watson – ele disse. – Já ouviu falar em Garrideb?

Admiti que não.

– Bem, se você conseguir pôr suas mãos sobre um Garrideb, é dinheiro na certa.

– Por quê?

– Ah, é uma longa história, bastante extravagante também. Não creio que em nossas explorações das complexidades humanas tenhamos encontrado alguma mais singular. O sujeito virá até aqui para um interrogatório minucioso, assim não esclarecerei o assunto antes de ele chegar. Enquanto isso, no entanto, é este o nome de que precisamos.

O guia telefônico estava sobre a mesa ao meu lado, e corri-lhe as páginas em uma busca um tanto desesperançada. Qual não foi minha surpresa ao encontrar ali o estranho nome, ocupando o seu devido lugar. Dei um grito de triunfo.

– Veja aqui, Holmes! Ele está bem aqui!

Holmes tomou-me o livro das mãos.

– "Garrideb, N." – ele leu. – "Rua Little Ryder, 136, W." Lamento desapontá-lo, meu caro Watson, mas este é o próprio homem. É o mesmo endereço que está na carta que nos enviou. Precisamos de outro para comparar com ele.

A sra. Hudson surgiu com um cartão de visita sobre a pequena bandeja. Recolhi-o e dei uma olhada.

– Ora essa! Aqui está! – exclamei com assombro. – Este tem uma inicial diferente. John Garrideb, advogado, Moorville, Kansas, EUA.

Holmes sorriu ao olhar para o cartão.

– Temo que você tenha que fazer ainda mais um esforço, Watson – ele disse. – Este cavalheiro também já está envolvido na trama, apesar de não esperar por sua visita nesta manhã. Todavia, ele está em condição de nos revelar um bocado das coisas que queremos saber.

Um momento depois, ele estava na sala. O sr. John Garrideb, advogado, era um homem baixo e robusto, o rosto liso, redondo e perfeitamente escanhoado, tão comum aos homens de negócio americanos. O efeito geral de sua aparência dava a idéia de um indivíduo rechonchudo e um tanto infantil, de modo que quem o olhasse teria a impressão de se tratar de um jovem, com um sorriso amplo na face. Seus olhos, contudo, eram cativantes. Raramente eu vira em qualquer rosto humano olhos que revelassem vida interior mais intensa, que brilhassem tanto, tão alertas, tão sensíveis a cada mudança de pensamento. Seu sotaque era americano, mas não estava acompanhado por nenhuma excentricidade de linguagem.

– Sr. Holmes? – ele perguntou, o olhar indo e vindo de um para o outro. – Ah, sim! Seus retratos se parecem bastante com o senhor, se me permite dizê-lo. Creio que o senhor recebeu a carta do meu homônimo, o sr. Nathan Garrideb, não recebeu?

– Sente-se, por favor – disse Sherlock Holmes. – Teremos, eu acho, muito sobre o que conversar.

Ele foi buscar as folhas de papel ofício.

– O senhor é, sem dúvida, o sr. John Garrideb mencionado aqui no documento. Todavia, certamente está na Inglaterra já há algum tempo, não?

– Por que diz isso, sr. Holmes?

Pareceu-me poder ler uma suspeita repentina naqueles olhos expressivos.

– Seus trajes são totalmente britânicos.

O sr. Garrideb emitiu um sorriso forçado.

– Já li sobre seus truques, sr. Holmes, mas nunca pensei que seria objeto deles. O que o leva a pensar isso sobre meus trajes?

– O talhe de ombro do seu casaco, a biqueira de suas botas... Alguém poderia ter alguma dúvida?

– Ora, ora, não fazia a mínima idéia de que eu fosse assim tão descaradamente britânico no vestir. Foram razões de negócio, porém, que me trouxeram para cá um tempo atrás, e assim, como o senhor disse, minhas roupas são quase todas londrinas. Entretanto, suponho que seu tempo valha ouro; e não nos encontramos aqui para falar sobre o corte de minhas meias. Que tal irmos diretamente ao papel que o senhor tem nas mãos?

Holmes deve ter irritado de alguma maneira nosso visitante, cuja face rechonchuda assumiu uma expressão bem menos amável.

– Paciência! Paciência, sr. Garrideb! – disse meu amigo numa voz apaziguadora. – Dr. Watson poderia lhe contar como essas minhas digressões às vezes, ao término do caso, provam ser adequadas à questão. Mas por que o sr. Nathan Garrideb não veio junto?

– E por que é que ele colocou o senhor no meio do negócio, afinal? – perguntou nosso visitante, tomado por um súbito acesso de fúria. – O que, raios, o senhor tinha a ver com isso? Havia uma questão profissional entre dois cavalheiros, e um deles precisava chamar um detetive! Eu o vi esta manhã, e ele me contou sobre a brincadeira tola que havia me pregado. É por isso que estou aqui. O que não faz, contudo, que eu me sinta melhor.

– Não houve segundas intenções a seu respeito, sr. Garrideb. Trata-se simplesmente de zelo da parte dele a fim de garantir que seus objetivos sejam alcançados, objetivos que, se não me engano, são igualmente vitais para os senhores. Ele sabia que eu dispunha de meios de conseguir as informações e era, portanto, muito natural que ele recorresse à minha pessoa.

A fúria no rosto de nosso visitante foi gradualmente se dissipando.

– Bem, assim as coisas mudam de figura – ele disse. – Quando fui vê-lo esta manhã e ele me contou que havia procurado um detetive, solicitei imediatamente o seu endereço e vim direto para cá. Não quero a polícia se intrometendo em um assunto privado. Se o senhor se contentar, porém, apenas em nos ajudar a encontrar o homem, não pode haver nenhum mal.

– É justamente neste pé que a coisa está – disse Holmes. – E agora, senhor, já que está aqui, teríamos o maior prazer de ouvir um relato claro de sua própria boca. Meu amigo está por fora dos detalhes.

O sr. Garrideb examinou-me com um olhar fixo e não muito amigável.

– Ele precisa saber? – perguntou.

– Nós geralmente trabalhamos juntos.

– Bem, não há razão para se manter segredo. Tentarei resumir-lhes os fatos da melhor maneira que puder. Se os senhores fossem do Kansas, não teria que lhes explicar quem foi Alexander Hamilton Garrideb. Ele fez fortuna com imóveis e, logo depois, plantando trigo em Chicago. Aplicou tudo o que havia ganho, porém, na compra de uma extensão de terra suficientemente grande para formar um de seus condados britânicos ao longo das margens do rio Arkansas, a oeste do Forte Dodge. É terra de pastagem, terra de madeira, terra arável, terra para mineração, o tipo de terra que enche de dólares o homem que a possui.

"Não tinha nem amigos, nem parentes... ou, se os tivesse, nunca ouvira falar deles. Nutria, no entanto, um certo orgulho pela extravagância de seu nome. Foi o que nos uniu. Eu estava advogando em Topeka e um dia recebi a visita do velho. Ele estava satisfeitíssimo por encontrar outro sujeito com seu sobrenome. Era uma espécie de mania, e ele tinha se convencido a descobrir se havia outros Garridebs espalhados pelo mundo. '– Encontre-me outro!' – ele disse. Revelei-lhe que eu era um homem ocupado, que não podia passar meus dias cruzando o mundo atrás dos Garridebs. '– Contudo' – ele disse –, 'é justamente o que o senhor fará se as coisas correrem conforme as planejei.' – Pensei que ele estava de brincadeira, mas havia um poderoso significado por trás de suas palavras, como eu iria descobrir.

"Morreu um ano depois de ter pronunciado tais palavras, deixando um testamento. Era o mais bizarro dos testamentos já registrado em toda a história do Estado do Kansas. Suas propriedades foram divididas em três partes, cabendo-me uma se eu cumprisse a condição de encontrar outros dois Garridebs, que ficariam com as restantes. Cinco milhões de dólares por cabeça, nem um centavo a menos; mas não poderíamos deitar um dedo sobre a quantia até que estivéssemos os três reunidos.

"Era uma oportunidade tão extraordinária, que abandonei minha prática legal e parti em busca dos Garridebs. Não havia nenhum nos Estados Unidos. Mergulhei fundo na busca, senhores, usando um pente fino, e não consegui encontrar um Garrideb sequer. Resolvi, então, tentar a sorte no velho mundo. É claro que o nome constava na lista telefônica de Londres. Dois dias depois o encontrei e lhe expliquei toda a situação. Ele era, porém, um homem solitário – assim como eu –, possuindo apenas algumas parentas, mas nenhum parente. O testamento era claro: três homens adultos. Como os senhores podem ver, nós ainda precisamos preencher uma vaga e, se vocês puderem nos ajudar, estaremos prontos a pagar seus honorários."

– Bem, Watson – falou Holmes, com um sorriso –, eu disse que era um tanto extravagante, não disse? Parece-me evidente que o senhor seguiu o caminho mais óbvio: colocar um anúncio na seção das pessoas desaparecidas dos jornais.

– Foi justamente o que fiz, sr. Holmes. Nenhuma resposta.

– Minha nossa! Ora, trata-se certamente de um probleminha dos mais curiosos. Poderei dar uma olhada nele nos meus momentos de lazer. A propósito, é muito interessante que o senhor tenha vindo de Topeka. Costumava me corresponder com um sujeito de lá, já falecido, o velho dr. Lysander Starr, que chegou a ser prefeito em 1890.

– O bom e velho dr. Starr! – exclamou nosso visitante. – Seu nome ainda é respeitado. Bem, sr. Holmes, suponho que tudo o que possamos fazer é lhe reportar os nossos progressos. Creio que isso se dará dentro de um ou dois dias.

Com essa garantia, nosso americano fez-nos uma reverência e partiu. Holmes acendeu o cachimbo e permaneceu sentado por algum tempo, exibindo um sorriso curioso na face.

– E então? – perguntei finalmente.

– Estou pensando, Watson, apenas pensando!

– Sobre o quê?

Holmes retirou o cachimbo dos lábios.

– Estou pensando, Watson, qual poderia ser, afinal, a razão para esse homem vir nos aplicar tamanha conversa fiada. Quase que lhe perguntei, pois há vezes em que um ataque direto e brutal é a melhor coisa a fazer, mas achei melhor deixar que ele pensasse ter-nos enganado. O que temos aqui é um homem trajando um casaco inglês puído nos cotovelos e calças esgarçadas na altura dos joelhos, calças que bem demonstram um ano de uso. Ainda assim, por seus documentos e pelo próprio testemunho, ele é um provinciano da América recém-chegado a Londres. Não houve qualquer anúncio nas seções dos desaparecidos. Você sabe que eu não perco nada que sai lá. Elas são o meu modo favorito de armar uma arapuca para um pássaro, e eu jamais deixaria passar um faisão tão brilhante como esse. Jamais conheci qualquer dr. Lysander Starr em Topeka. O homem é falso em todos os aspectos. Penso que ele seja mesmo americano, mas já suavizou seu sotaque com alguns anos de Londres. Qual é seu jogo, então? Que motivo esconde atrás dessa busca ridícula por Garridebs? De qualquer modo, merece nossa atenção, pois, mesmo admitindo que seja um pilantra, trata-se de homem complexo e engenhoso. Devemos agora descobrir se o nosso outro correspondente é também uma fraude. Ligue para ele, Watson.

Foi o que fiz. Ouvi uma voz fina e trêmula do outro lado da linha.

– Sim, sim, sou o sr. Nathan Garrideb. É o sr. Holmes? Gostaria muito de trocar umas palavras com ele.

Meu amigo pegou o telefone, e eu ouvi o habitual diálogo sincopado.

– Sim, ele esteve aqui. Entendo, o senhor não o conhece... Por quanto tempo?... Apenas dois dias!... Claro, claro, com certeza, é uma perspectiva das mais tentadoras. Estará em casa esta noite? Suponho que o seu xará não estará presente?... Muito bem, iremos até aí, pois prefiro ter uma conversa sem a presença dele... dr. Watson virá comigo... entendi por seu bilhete que o senhor não é de sair muito... Bem, devemos estar aí por volta das seis. Não é preciso que o senhor diga nada ao advogado americano... Ótimo. Até logo!

Era o crepúsculo de uma adorável tarde de primavera, e mesmo a rua Little Ryder – uma das menores ramificações da estrada Edgware, distando muito pouco da velha e de maligna memória Tyburn Tree – resplandecia dourada e maravilhosa sob os raios oblíquos do pôr-do-sol. A casa a que nos dirigíamos era uma construção grande e antiquada, da primeira fase da época georgiana, com uma imensa fachada de tijolos à vista, só interrompida por duas janelas avarandadas no primeiro piso. Era nesse mesmo piso que vivia nosso cliente, e, de fato, as janelas baixas eram a parte frontal da ampla sala na qual ele passava os seus dias inteiros. Holmes chamou minha atenção para uma pequena placa de latão, que trazia o curioso nome gravado.

– Tem uns bons anos, Watson – ele salientou, indicando a superfície descolorida. – Seja como for, é mesmo esse o *seu* nome verdadeiro e isso é algo a ser anotado.

A casa possuía uma escada em comum, e havia diversos nomes pintados no saguão, alguns indicando escritórios; outros, quartos particulares. Era menos um conjunto de habitações do que a morada de solteirões boêmios. Nosso cliente em pessoa abriu a porta, desculpando-se com a alegação de que a mulher encarregada da tarefa saía às quatro horas. O sr. Nathan Garrideb era um sujeito alto e desengonçado, os ombros caídos, magro e careca, aparentando sessenta e tantos anos de idade. Tinha um rosto cadavérico, a pele flácida de um homem que não pratica atividades físicas. Um par de óculos grandes e redondos e uma pequena barbicha semelhante à de um bode, combinadas com sua má postura, davam-lhe um ar um tanto curioso. O efeito geral, contudo, era agradável, embora excêntrico.

O aposento era tão curioso quanto o seu ocupante. Parecia um pequeno museu. Era largo e extenso, com armários e estantes por todos os lados, povoados por espécimes geológicos e anatômicos. Caixas com borboletas e mariposas flanqueavam cada lado da entrada. Uma mesa grande no centro estava entulhada com toda sorte de quinquilharias, enquanto o longo tubo de latão de um microscópio poderoso sobressaía-se em meio a elas.

Ao dar uma olhada em volta, fiquei espantado com a diversidade dos interesses do homem. Aqui havia uma caixa com moedas antigas. Lá, uma estante com instrumentos de pederneira. Atrás da mesa central, um grande armário com fósseis. Acima, alinhavam-se crânios de gesso identificados abaixo dos respectivos por: "Neanderthal", "Heidelberg" e "Cromagnon". Era óbvio que ele estudava diversas matérias. Quando surgiu à nossa frente, segurava uma peça de camurça na mão direita com a qual polia uma moeda.

– Siracusana, do melhor período – ele explicou, segurando-a. – Elas decaíram muito próximo ao fim. Mas no seu auge, considero-as supremas, embora alguns prefiram a escola alexandrina. O senhor encontrará uma cadeira ali, sr. Holmes. Permita-me retirar esses ossos. E o senhor, sr. Watson, se tiver a bondade de afastar o vaso japonês para um dos lados. O que vêem ao meu redor são os pequenos interesses que mantenho em vida. Meu médico me advertiu para nunca sair de casa, mas por que eu deveria sair quando tenho tanta coisa aqui para me distrair? Posso lhes garantir que uma catalogação adequada de uma dessas estantes renderia trabalho para uns bons três meses.

Holmes olhou em volta com curiosidade.

– E o senhor me diz que *nunca* sai? – ele perguntou.

– Vez ou outra, vou de carro até a Sotheby's ou a Christie's. Fora isso, raramente abandono meu aposento. Não sou muito forte, e minhas pesquisas me absorvem completamente. O senhor, contudo, pode imaginar, sr. Holmes, o terrível choque, prazeroso, mas terrível, que foi para mim quando ouvi falar desse golpe de sorte sem precedentes. É preciso apenas mais um Garrideb e a questão estará resolvida, e é claro que podemos encontrar um. Tive um irmão, mas ele está morto, e as mulheres da família estão descartadas. No entanto, deve haver certamente outros espalhados pelo mundo. Ouvi dizer que o senhor cuidou de casos estranhos, e foi por isso que me dirigi ao senhor. Não há dúvida de que esse cavalheiro americano está correto, que eu deveria ter falado com ele primeiramente, mas agi com a melhor das intenções.

– Creio que o senhor agiu, de fato, com muita sabedoria – disse Holmes. – Mas o senhor está realmente ansioso para adquirir uma grande propriedade rural na América?

– Certamente que não, senhor. Nada me convenceria a abandonar a minha coleção. Mas esse cavalheiro me garantiu que comprará a minha parte tão logo possamos reivindicar o que nos pertence. Cinco milhões de dólares foi a soma estimada. Há uma dúzia de espécimes no mercado neste momento que serviriam como luva na minha coleção, os quais, se eu tivesse uma centena de libras, poderia comprar. Apenas pense no que eu poderia fazer com os cinco milhões. Ora, já tenho a base de uma coleção nacional. Serei o Hans Sloane* de meu tempo.

Seus olhos brilharam por trás das lentes dos óculos. Estava claro que nenhum esforço ia ser poupado pelo sr. Nathan Garrideb na busca do seu homônimo.

– Marquei este encontro meramente para conhecê-lo, e não há nenhuma razão para que eu interrompa os seus estudos – disse Holmes. – Prefiro estabelecer

---

* Médico, cientista e colecionador irlandês. Após sua morte, em 1753, seu gigantesco e inestimável acervo tornou-se o núcleo do Museu Britânico. (N. do T.)

contato pessoal com aqueles com quem negocio. Há algumas perguntas que preciso fazer, pois tenho a sua narrativa bem direta aqui no bolso e pude preencher as lacunas deixadas pelo cavalheiro americano em sua visita. Pelo que sei, até esta semana o senhor desconhecia a existência dele.

– Sim, procede. Ele me procurou na terça-feira passada.

– Ele lhe falou da nossa entrevista de hoje?

– Sim, ele veio diretamente até aqui. Ficara muito zangado.

– Com o quê?

– Ele parecia acreditar que havia alguma dúvida sobre a sua reputação. Mas já estava outra vez bem alegre quando retornou.

– Ele sugeriu algum plano de ação?

– Não, senhor.

– Pediu ou recebeu algum dinheiro do senhor?

– Não, senhor, nunca!

– Não lhe ocorre qualquer outro assunto que ele possa ter em vista?

– Nenhum, exceto o que ele mesmo trouxe.

– Falou-lhe da conversa telefônica em que marcamos essa visita?

– Sim, senhor.

Holmes ficou imerso em pensamentos. Pude perceber que ele estava intrigado.

– Tem algum artigo de grande valor na sua coleção?

– Não, senhor. Não sou um homem rico. É uma boa coleção, mas não é valiosa.

– Não tem medo de ladrões?

– Nem um pouco.

– Há quanto tempo mora aqui?

– Há quase cinco anos.

O interrogatório de Holmes foi interrompido por uma batida imperativa na porta. Mal nosso cliente abriu o trinco, o advogado americano lançou-se com excitação para dentro da peça.

– O senhor está aqui! – ele exclamou, sacudindo um jornal sobre a cabeça. – Imaginei que chegaria a tempo de encontrá-lo, sr. Nathan Garrideb, minhas congratulações! Agora o senhor é um homem rico! Nosso negócio está concluído, de modo satisfatório e correto. Quanto ao senhor, sr. Holmes, só podemos dizer que lamentamos ter lhe dado um incômodo inútil.

Ele estendeu o jornal até nosso cliente, que fixou os olhos sobre o anúncio marcado. Holmes e eu nos inclinamos para frente, espiando por sobre seus ombros e lendo o seguinte:

HOWARD GARRIDEB
Construtor de máquinas agrícolas

Atadeiras, ceifadeiras, arados manuais e a vapor, semeadeiras, cercados, carretas para fazendeiros, carroças de tração animal e outros instrumentos.

Orçamentos para poços artesianos.
Chame Grosvenor Buildings, Aston

– Esplêndido – disse ofegante nosso anfitrião. – Eis o nosso terceiro homem.

– Comecei uma investigação em Birmingham – disse o americano –, e o meu agente de lá me mandou este anúncio de um jornal local. Devemos nos apressar e resolver logo tudo. Escrevi para esse homem e disse que o senhor iria encontrá-lo no escritório dele amanhã às quatro horas.

– Quer que *eu* o procure?

– O que me diz, sr. Holmes? Não acha que seria o mais prudente? Aqui estou eu, um americano errante com uma história do arco-da-velha. Por que ele deveria acreditar no que eu lhe contasse? Todavia, o senhor é um inglês com referências confiáveis, e ele é obrigado a prestar atenção ao que o senhor diz. Eu iria junto se fosse do seu desejo, mas tenho um dia muito cheio amanhã. E, eu poderia seguir os seus passos caso o senhor esteja em alguma dificuldade.

– Bem, é que não faço uma jornada dessas há anos.

– Não se preocupe, sr. Garrideb. Já fiz um traçado das suas conexões. O senhor parte daqui ao meio-dia e deve chegar lá um pouco depois das duas. Pode retornar inclusive na mesma noite. Tudo que tem a fazer é encontrar esse homem, explicar-lhe a situação e conseguir uma prova escrita e juramentada de sua existência. Por Deus! – acrescentou de modo caloroso –, levando em consideração que eu percorri todo o caminho desde o centro da América, com certeza não é muito pedir que o senhor perfaça 160 quilômetros para encerrar este assunto.

– Exatamente – disse Holmes. – O que esse cavalheiro diz é a mais pura verdade.

O sr. Nathan Garrideb encolheu os ombros com um ar desconsolado.

– Bem, já que insiste, eu vou – ele disse. – Certamente que é difícil recusar qualquer pedido seu, considerando a gloriosa esperança que o senhor trouxe à minha vida.

– Então está combinado – disse Holmes –, e não tenho dúvidas de que você me fará um relatório assim que puder.

– Deixe que eu cuide disso – falou o americano. – Bem – ele concluiu, olhando para o relógio –, está na minha hora. Volto a entrar em contato amanhã, sr. Nathan, para embarcá-lo no trem para Birmingham. Acompanha a minha saída, sr. Holmes? Bem, então, até logo, e que possamos ter boas novas para o senhor amanhã à noite.

Percebi que o rosto do meu amigo se desanuviou com a partida do americano, e que aquele olhar cheio de perplexidade havia desaparecido.

– Gostaria de dar uma olhada na sua coleção, sr. Garrideb – ele disse. – Na minha profissão, todo tipo de conhecimento incomum pode se tornar útil, e esta sua sala é um depósito de curiosidades.

Nosso cliente ficou radiante de prazer e seus olhos brilharam por trás dos grandes óculos.

– Sempre ouvi dizer que o senhor era um homem muito inteligente – ele disse. – Poderia servir-lhe de guia, se o senhor tiver tempo.

– Infelizmente, terá que ficar para uma próxima oportunidade. Mas esses espécimes estão tão bem etiquetados e classificados que eles praticamente dispensam qualquer explicação pessoal. Presumo que não haverá nenhuma objeção se eu quiser observá-los amanhã, certo?

– Nenhuma. O senhor é muito bem-vindo. O lugar estará trancado, evidentemente. Mas a sra. Saunders está no subsolo até as quatro e o deixará entrar com a chave sobressalente.

– Veja só! Acontece de eu estar livre amanhã à tarde. Se o senhor puder deixar a sra. Saunders avisada, tudo correrá as mil maravilhas. A propósito, quem é seu agente imobiliário?

Nosso cliente ficou surpreso com a questão repentina.

– Holloway & Steele, na estrada Edgware. Por quê?

– Sou uma espécie de arqueologista quando o assunto é casas – disse Holmes, rindo. – Estava me perguntando se essa construção é da época da rainha Anne ou georgiana.

– Georgiana, sem sombra de dúvida.

– Realmente. Devia ter percebido antes. Mesmo porque é uma afirmativa que se confirma facilmente. Bem, adeus, sr. Garrideb, que o senhor tenha sucesso na sua jornada para Birmingham.

O escritório da imobiliária ficava perto, mas descobrimos que estava fechado pelo resto do dia. Desse modo, seguimos de volta à Baker Street. Somente após o jantar, Holmes voltou ao assunto.

– Nosso pequeno problema se aproxima do fim – ele disse. – Com certeza, você já delineou uma solução.

– Para mim, continua um problema sem pé nem cabeça.

– A cabeça já é nitidamente visível e deveremos enxergar o pé amanhã. Não percebeu nada de curioso naquele anúncio?

Percebi que a palavra "*plough*"* estava escrita de modo errado.

– Oh, você percebeu isso? Veja só, Watson, você está sempre melhorando. O tipógrafo compôs o anúncio como o recebeu. E havia também os *buckboards***, expressão totalmente americana. E poços artesianos são muito mais comuns lá do que aqui. Em suma, um típico anúncio americano, mas dando a entender se tratar de um anúncio de uma firma inglesa. O que você pensa disso?

---

* No original, a palavra que aparece no anúncio é "*plow*", uma variante americana para "*plough*". Ambos os termos significam "arado". (N. do T.)

** Carroças de tração animal. (N.do T.)

– Só posso supor que esse advogado americano é o autor da publicação. O que não consigo entender é qual é seu objetivo.

– Bem, há mais de uma explicação. De qualquer forma, ele quer arrastar esse bom e velho fóssil até Birmingham. Isso está muito claro. Devia ter contado ao Nathan que ele estava embarcando em uma canoa furada, mas, pensando melhor, pareceu uma idéia mais proveitosa deixar que ele fosse e assim ter o cenário limpo. Amanhã, Watson. Amanhã o dia falará por si mesmo.

Holmes levantou-se e saiu cedo. Quando retornou, na hora do almoço, pude notar que sua face estava profundamente séria.

– A situação é mais grave do que eu imaginava, Watson – ele disse. – É justo que você esteja a par de tudo, embora eu saiba que isso será apenas uma razão adicional para você mergulhar de cabeça no perigo. A essas alturas, já devo conhecer bem o meu Watson. Há perigo, contudo, e você precisa saber disso.

– Ora, Holmes, não é o primeiro em que nos arriscamos. Espero que não seja o último. Qual é a natureza do perigo desta vez?

– Estamos enfrentando um caso bastante difícil. Descobri a verdadeira identidade do sr. John Garrideb, advogado. Não é outro senão Evans, "o matador", com a pior e mais sanguinária das reputações.

– Receio que não o conheça.

– Ah, não faz parte da profissão ter na memória um *Newgate Calendar**. Fui visitar o meu amigo Les-

---

* Curioso compêndio britânico, de extremo sucesso entre os séculos 18 e 19. Continha as histórias ou lendas dos mais assustadores criminosos e ladrões da época. Dotado de ilustrações sinistras, era utilizado pelas mães para inculcar nas crianças por meio do medo princípios morais e respeito às leis. (N.do T.)

trade na Yard. É bem possível que a intuição imaginativa seja pouco freqüente entre aquele pessoal, mas ninguém no mundo os supera em meticulosidade e método. Ocorreu-me que pudéssemos rastrear nosso amigo americano usando os registros lá existentes. Dito e feito: encontrei sua cara gorducha sorrindo para mim na "Galeria dos famosos". James Winter, dizia a inscrição abaixo do retrato, também conhecido por Morecroft ou ainda Evans, "o matador". Anotei rapidamente alguns detalhes do seu dossiê. Idade: 46. Natural de Chicago. Conhecido por ter baleado três homens nos Estados Unidos. Escapou da penitenciária por influência política. Veio para Londres em 1893. Atirou em um homem durante um jogo de cartas numa casa noturna localizada na estrada Waterloo em janeiro de 1895. A vítima faleceu, mas ele obteve a atenuante de ter agido em legítima defesa. O morto foi identificado como Rodger Prescott, famoso por falsificar moedas em Chicago. Evans, "o matador", acabou sendo solto em 1901. Está sob a supervisão da polícia desde então, mas, até onde se sabe, anda levando uma vida honesta. Um homem muito perigoso, que normalmente carrega armas consigo e que está plenamente preparado para usálas. Eis o nosso pássaro, Watson, um pássaro jogador, como você deve admitir.

– Mas qual é o jogo dele?

– Bem, o caso começa a se definir. Estive no escritório imobiliário. Nosso cliente, assim como ele nos havia dito, ocupa o imóvel há cinco anos. Antes dele, a peça ficara vaga por um ano. O inquilino anterior era um homem desocupado chamado Waldron. No escritório, ainda lembram bem de sua aparência. Era alto, usava barba e tinha feições muito morenas. Pois bem. Prescott, o homem baleado por Evans, era, segundo a Scotland

Yard, um homem alto, barbudo e moreno. Como hipótese de trabalho, creio que possamos considerar que Prescott, o criminoso americano, vivia no mesmo aposento que o nosso inocente amigo hoje ocupa com seu museu. Como você pode ver, pelo menos temos um elo de ligação.

– E o próximo elo?

– Bem, está na hora de irmos procurá-lo.

Ele retirou um revólver da gaveta e o estendeu até mim.

– Levo o meu preferido comigo. Se nosso amigo do velho oeste tentar reviver seu apelido, temos de estar preparados para enfrentá-lo. Darei a você uma hora para a *siesta*, Watson. Depois disso, creio que será o momento da nossa aventura na rua Ryder.

Eram quatro horas em ponto quando chegamos ao curioso apartamento de Nathan Garrideb. A sra. Saunders, a zeladora, estava pronta para sair, mas não hesitou em permitir a nossa entrada, pois a porta era equipada com um trinco de mola que se fechava sozinho, e Holmes prometeu deixar tudo em ordem antes de nós sairmos. Alguns instantes após a porta se fechar, vimos o gorro dela passar pelo lado de fora da janela em arco, dando-nos certeza de estar sozinhos no piso inferior da casa. Holmes fez um rápido exame no interior. Havia um armário num canto escuro que ficava um pouco afastado da parede. Foi atrás desse móvel que nos agachamos, enquanto Holmes, num sussurro, expunha suas intenções.

– Ele precisava que nosso adorável amigo ficasse fora do seu aposento, isso é fato; mas, como o colecionador jamais saía, teve que bolar um plano para consegui-lo. Toda essa história dos três Garridebs parece não ter outro intuito a não ser esse. Devo dizer, Watson, que há com certeza uma maldosa engenhosidade em tudo isso, mesmo que o exótico nome do inquilino tenha dado a Evans uma oportunidade que ele não esperava. Ele tramou seu plano com notável astúcia.

– Mas o que é que ele quer?

– Bem, é o que estamos aqui para descobrir. Não tem nada a ver com o nosso cliente, pelo menos no entendimento que faço da situação. É algo ligado ao homem que ele assassinou, homem que deve ter sido seu comparsa em um crime. Há nesse aposento algum segredo escuso. É a minha interpretação para os acontecimentos. Primeiramente, pensei que nosso amigo tivesse, sem saber, alguma coisa valiosíssima em sua coleção, alguma coisa que despertasse a atenção de um grande bandido. Mas o fato de que Rodger Prescott, de tão maligna memória, tenha habitado esses aposentos aponta para razões muito mais profundas. Bem, Watson, não podemos fazer nada além de encher-nos de paciência e ver o que o passar das horas nos traz.

Não durou muito a nossa espera. Encolhemo-nos ainda mais na escuridão ao ouvirmos o abrir e fechar da porta da rua. Veio então o som agudo e metálico da chave. O americano estava dentro da sala. Fechou a porta suavemente atrás de si, retirou o sobretudo e se dirigiu até a mesa central com a confiança e a energia de quem sabe exatamente como deve proceder. Arrastou a mesa para um dos lados, cortou o pedaço do carpete sobre o qual ela jazia anteriormente, enrolando-o completamente. Então, tirando um pé-de-cabra curto de dentro do bolso, ajoelhou-se e pôs mãos à obra, trabalhando vigorosamente no chão. Logo ouvimos o som das tábuas sendo deslocadas, e, um instante depois, havia um espaço aberto no assoalho. Evans, "o matador", acendeu um fósforo, acendeu um toco de vela e sumiu das nossas vistas.

Certamente nosso momento havia chegado. Holmes tocou meu pulso para me dar o sinal, e juntos nos dirigimos sorrateiramente até o alçapão aberto. No entanto, apesar de todo cuidado que tivemos ao nos mover, o velho piso deve ter rangido sob nossos pés, pois a cabeça do nosso americano, espreitando ansiosamente em torno, emergiu subitamente do espaço aberto. Encarou-nos com um olhar fixo e cheio de ódio, o qual, porém, gradualmente foi sendo amaciado por um sorriso cínico ao perceber que duas pistolas estavam apontadas para a sua cabeça.

– Maravilha! – ele disse friamente ao escalar de volta para a superfície. – Desconfio que o senhor foi mais esperto do que eu, sr. Holmes. Suponho que viu quais eram as minhas cartas e continuou jogando apenas por me considerar um otário. Bem, senhor, dou minha mão à palmatória. O senhor me venceu e...

Em um instante, sacou do peito um revólver e deu dois tiros. Senti de súbito um chamuscar quente na coxa, como se uma barra de ferro em brasa tivesse sido pressionada contra ela. Houve então uma pancada desferida por Holmes na cabeça do bandido com a coronha da pistola. Pude vê-lo se estatelar no chão com o rosto coberto de sangue, enquanto Holmes o revistava à procura de mais armas. Foi quando os braços firmes do meu amigo me envolveram e me conduziram até uma cadeira.

– Você está ferido, Watson? Pelo amor de Deus, diga-me que não está ferido!

Valia a pena uma ferida – valiam a pena muitas feridas – para conhecer a profunda lealdade e o afeto que se escondiam por trás da máscara gelada. Os olhos claros e duros ficaram obscurecidos por um momento, e os lábios firmes estavam tremendo. Pela primeira e única vez, pude ver de relance a grandeza de seu coração assim como a de sua mente. Todos os meus anos de humilde mas dedicado serviço culminaram naquele momento de revelação.

– Não é nada, Holmes. Apenas um arranhão.

Ele cortou minhas calças com seu canivete.

– Você está certo – ele exclamou, com um imenso suspiro de alívio. – É bem superficial.

Seu rosto parecia feito de pedra quando encarou nosso prisioneiro, que estava sentado com uma fisionomia atordoada.

– Agradeça ao bom Senhor pela sua sorte. Se você tivesse matado Watson, jamais sairia vivo desse aposento. Agora, senhor, o que tem a dizer para se justificar?

Ele não tinha nada para dizer. Apenas franziu o cenho e se deixou ficar. Apoiei-me no braço de Holmes, e fomos juntos olhar para dentro do pequeno porão que havia sido descoberto pelo alçapão secreto. Continuava iluminado pela vela que Evans levara consigo. Nossos olhos foram atraídos por uma massa de máquinas enferrujadas, grandes rolos de papel, frascos em desordem e, cuidadosamente arrumados sobre uma pequena mesa, várias pilhas de pequenos pacotes.

– Uma prensa completa, o equipamento de um falsificador – disse Holmes.

– Sim, sim – concordou nosso prisioneiro, pondo-se com dificuldade sobre os pés e afundando numa poltrona. – O maior falsificador que Londres já conheceu. Esta é a máquina de Prescott, e aqueles pacotes sobre a mesa são as duas mil notas produzidas por ele, cada uma valendo cem libras, feitas para passar despercebidas em qualquer lugar. Sirvam-se cavalheiros. Chamem isso de acordo e deixem que eu reparta o bolo.

Holmes riu.

– Não fazemos essas negociatas, sr. Evans. Não há esconderijo para o senhor neste país. Atirou no Prescott, não?

– Sim, senhor, e peguei cinco anos por isso, apesar de ter sido ele quem me provocou. Cinco anos... quando eu deveria era ter ganho uma medalha do tamanho de um prato de sopa. Ninguém era capaz de diferenciar as notas de Prescott das produzidas pelo Banco da Inglaterra, e se eu não tivesse acabado com ele, Londres teria sido inundada com suas notas frias. Eu era o único sujeito no mundo que sabia onde ele as fabricava. É de se admirar que eu quisesse chegar ao lugar? É de se admirar que, ao descobrir esse maluco caçador de bugigangas de nome esquisito bem em cima do tesouro, um sujeito que nunca sai de casa, eu tivesse que dar o melhor de mim para conseguir que ele se mudasse? Talvez fosse mais sábio tê-lo eliminado. Teria sido bastante simples, mas sou um cara de coração mole, que não atira em alguém desarmado. Mas me diga, sr. Holmes, o que eu fiz de errado afinal? Não usei a máquina, não machuquei esse cadáver velho. O que o senhor tem contra mim?

– Apenas tentativa de assassinato, até onde sei – disse Holmes. – Mas esse não é nosso trabalho. De agora em diante, eles assumem. O que nós queríamos no momento era somente sua "doce figura". Por favor, chame a Yard, Watson. Creio que ele não será inteiramente inesperado lá.

Assim, esses são os fatos sobre Evans, "o matador", e a sua notável invenção dos três Garridebs. Ficamos sabendo depois que nosso pobre e velho amigo jamais se recuperou do trauma de ter seus sonhos desfeitos. Quando o seu castelo de cartas desabou, ele ficou soterrado sob os escombros. A última notícia que tivemos dele é que estava internado numa casa de saúde em Brixton. Foi um dia feliz na Yard quando eles descobriram os equipamentos de Prescott, pois, apesar de saberem de sua existência, não tinham sido capazes de localizá-los após a morte do homem. Evans realmente prestara um grande serviço, permitindo que diversos homens do diligente Departamento de Investigação Criminal dormissem tranqüilamente, uma vez que um falsário é, na sua terrível especialidade, sempre um perigo público. Eles teriam de boa vontade lhe premiado com a medalha do tamanho de um prato de sopa que o criminoso mencionara, mas um tribunal, que não sabia dar valor às coisas, teve uma opinião menos favorável. Desse modo, "o matador" retornou às sombras de onde um pouco antes tinha emergido.

Coleção L&PM POCKET (LANÇAMENTOS MAIS RECENTES)

470.**Pequenos pássaros** – Anaïs Nin
471.**Guia prático do Português correto – vol.3** – Cláudio Moreno
472.**Atire no pianista** – David Goodis
473.**Antologia Poética** – García Lorca
474.**Alexandre e César** – Plutarco
475.**Uma espiã na casa do amor** – Anaïs Nin
476.**A gorda do Tiki Bar** – Dalton Trevisan
477.**Garfield um gato de peso (3)** – Jim Davis
478.**Canibais** – David Coimbra
479.**A arte de escrever** – Arthur Schopenhauer
480.**Pinóquio** – Carlo Collodi
481.**Misto-quente** – Bukowski
482.**A lua na sarjeta** – David Goodis
483.**O melhor do Recruta Zero (1)** – Mort Walker
484.**Aline: TPM – tensão pré-monstrual (2)** – Adão Iturrusgarai
485.**Sermões do Padre Antonio Vieira**
486.**Garfield numa boa (4)** – Jim Davis
487.**Mensagem** – Fernando Pessoa
488.**Vendeta** *seguido de* **A paz conjugal** – Balzac
489.**Poemas de Alberto Caeiro** – Fernando Pessoa
490.**Ferragus** – Honoré de Balzac
491.**A duquesa de Langeais** – Honoré de Balzac
492.**A menina dos olhos de ouro** – Honoré de Balzac
493.**O lírio do vale** – Honoré de Balzac
494(17).**A barcaça da morte** – Simenon
495(18).**As testemunhas rebeldes** – Simenon
496(19).**Um engano de Maigret** – Simenon
497(1).**A noite das bruxas** – Agatha Christie
498(2).**Um passe de mágica** – Agatha Christie
499(3).**Nêmesis** – Agatha Christie
500.**Esboço para uma teoria das emoções** – Sartre
501.**Renda básica de cidadania** – Eduardo Suplicy
502(1).**Pílulas para viver melhor** – Dr. Lucchese
503(2).**Pílulas para prolongar a juventude** – Dr. Lucchese
504(3).**Desembarcando o diabetes** – Dr. Lucchese
505(4).**Desembarcando o sedentarismo** – Dr. Fernando Lucchese e Cláudio Castro
506(5).**Desembarcando a hipertensão** – Dr. Lucchese
507(6).**Desembarcando o colesterol** – Dr. Fernando Lucchese e Fernanda Lucchese
508.**Estudos de mulher** – Balzac
509.**O terceiro tira** – Flann O'Brien
510.**100 receitas de aves e ovos** – J. A. P. Machado
511.**Garfield em toneladas de diversão** (5) – Jim Davis
512.**Trem-bala** – Martha Medeiros
513.**Os cães ladram** – Truman Capote
514.**O Kama Sutra de Vatsyayana**
515.**O crime do Padre Amaro** – Eça de Queiroz
516.**Odes de Ricardo Reis** – Fernando Pessoa
517.**O inverno da nossa desesperança** – Steinbeck
518.**Piratas do Tietê (1)** – Laerte
519.**Rê Bordosa: do começo ao fim** – Angeli
520.**O Harlem é escuro** – Chester Himes
521.**Café-da-manhã dos campeões** – Kurt Vonnegut
522.**Eugénie Grandet** – Balzac
523.**O último magnata** – F. Scott Fitzgerald
524.**Carol** – Patricia Highsmith
525.**100 receitas de patisseria** – Sílvio Lancellotti
526.**O fator humano** – Graham Greene
527.**Tristessa** – Jack Kerouac
528.**O diamante do tamanho do Ritz** – Scott Fitzgerald
529.**As melhores histórias de Sherlock Holmes** – Arthur Conan Doyle
530.**Cartas a um jovem poeta** – Rilke
531(20).**Memórias de Maigret** – Simenon
532(4).**O misterioso sr. Quin** – Agatha Christie
533.**Os analectos** – Confúcio
534(21).**Maigret e os homens de bem** – Simenon
535(22).**O medo de Maigret** – Simenon
536.**Ascensão e queda de César Birotteau** – Balzac
537.**Sexta-feira negra** – David Goodis
538.**Ora bolas – O humor de Mario Quintana** – Juarez Fonseca
539.**Longe daqui aqui mesmo** – Antonio Bivar
540(5).**É fácil matar** – Agatha Christie
541.**O pai Goriot** – Balzac
542.**Brasil, um país do futuro** – Stefan Zweig
543.**O processo** – Kafka
544.**O melhor de Hagar 4** – Dik Browne
545(6).**Por que não pediram a Evans?** – Agatha Christie
546.**Fanny Hill** – John Cleland
547.**O gato por dentro** – William S. Burroughs
548.**Sobre a brevidade da vida** – Sêneca
549.**Geraldão (1)** – Glauco
550.**Piratas do Tietê (2)** – Laerte
551.**Pagando o pato** – Ciça
552.**Garfield de bom humor (6)** – Jim Davis
553.**Conhece o Mário?** vol.1 – Santiago
554.**Radicci 6** – Iotti
555.**Os subterrâneos** – Jack Kerouac
556(1).**Balzac** – François Taillandier
557(2).**Modigliani** – Christian Parisot
558(3).**Kafka** – Gérard-Georges Lemaire
559(4).**Júlio César** – Joël Schmidt
560.**Receitas da família** – J. A. Pinheiro Machado
561.**Boas maneiras à mesa** – Celia Ribeiro
562(9).**Filhos sadios, pais felizes** – R. Pagnoncelli
563(10).**Fatos & mitos** – Dr. Fernando Lucchese
564.**Ménage à trois** – Paula Taitelbaum
565.**Mulheres!** – David Coimbra
566.**Poemas de Álvaro de Campos** – Fernando Pessoa
567.**Medo e outras histórias** – Stefan Zweig
568.**Snoopy e sua turma (1)** – Schulz
569.**Piadas para sempre (1)** – Visconde da Casa Verde
570.**O alvo móvel** – Ross Macdonald
571.**O melhor do Recruta Zero (2)** – Mort Walker
572.**Um sonho americano** – Norman Mailer
573.**Os broncos também amam** – Angeli
574.**Crônica de um amor louco** – Bukowski
575(5).**Freud** – René Major e Chantal Talagrand
576(6).**Picasso** – Gilles Plazy
577(7).**Gandhi** – Christine Jordis
578.**A tumba** – H. P. Lovecraft

579.**O príncipe e o mendigo** – Mark Twain
580.**Garfield, um charme de gato (7)** – Jim Davis
581.**Ilusões perdidas** – Balzac
582.**Esplendores e misérias das cortesãs** – Balzac
583.**Walter Ego** – Angeli
584.**Striptiras (1)** – Laerte
585.**Fagundes: um puxa-saco de mão cheia** – Laerte
586.**Depois do último trem** – Josué Guimarães
587.**Ricardo III** – Shakespeare
588.**Dona Anja** – Josué Guimarães
589.**24 horas na vida de uma mulher** – Stefan Zweig
590.**O terceiro homem** – Graham Greene
591.**Mulher no escuro** – Dashiell Hammett
592.**No que acredito** – Bertrand Russell
593.**Odisséia (1): Telemaquia** – Homero
594.**O cavalo cego** – Josué Guimarães
595.**Henrique V** – Shakespeare
596.**Fabulário geral do delírio cotidiano** – Bukowski
597.**Tiros na noite 1: A mulher do bandido** – Dashiell Hammett
598.**Snoopy em Feliz Dia dos Namorados! (2)** – Schulz
599.**Mas não se matam cavalos?** – Horace McCoy
600.**Crime e castigo** – Dostoiévski
601(7).**Mistério no Caribe** – Agatha Christie
602.**Odisséia (2): Regresso** – Homero
603.**Piadas para sempre (2)** – Visconde da Casa Verde
604.**À sombra do vulcão** – Malcolm Lowry
605(8).**Kerouac** – Yves Buin
606.**E agora são cinzas** – Angeli
607.**As mil e uma noites** – Paulo Caruso
608.**Um assassino entre nós** – Ruth Rendell
609.**Crack-up** – F. Scott Fitzgerald
610.**Do amor** – Stendhal
611.**Cartas do Yage** – William Burroughs e Allen Ginsberg
612.**Striptiras (2)** – Laerte
613.**Henry & June** – Anaïs Nin
614.**A piscina mortal** – Ross Macdonald
615.**Geraldão (2)** – Glauco
616.**Tempo de delicadeza** – A. R. de Sant'Anna
617.**Tiros na noite 2: Medo de tiro** – Dashiell Hammett
618.**Snoopy em Assim é a vida, Charlie Brown! (3)** – Schulz
619.**1954 – Um tiro no coração** – Hélio Silva
620.**Sobre a inspiração poética (Íon)** e ... – Platão
621.**Garfield e seus amigos (8)** – Jim Davis
622.**Odisséia (3): Ítaca** – Homero
623.**A louca matança** – Chester Himes
624.**Factótum** – Bukowski
625.**Guerra e Paz: volume 1** – Tolstói
626.**Guerra e Paz: volume 2** – Tolstói
627.**Guerra e Paz: volume 3** – Tolstói
628.**Guerra e Paz: volume 4** – Tolstói
629(9).**Shakespeare** – Claude Mourthé
630.**Bem está o que bem acaba** – Shakespeare
631.**O contrato social** – Rousseau
632.**Geração Beat** – Jack Kerouac
633.**Snoopy: É Natal! (4)** – Charles Schulz
634(8).**Testemunha da acusação** – Agatha Christie
635.**Um elefante no caos** – Millôr Fernandes
636.**Guia de leitura (100 autores que você precisa ler)** – Organização de Léa Masina
637.**Pistoleiros também mandam flores** – David Coimbra
638.**O prazer das palavras** – vol. 1 – Cláudio Moreno
639.**O prazer das palavras** – vol. 2 – Cláudio Moreno
640.**Novíssimo testamento: com Deus e o diabo, a dupla da criação** – Iotti
641.**Literatura Brasileira: modos de usar** – Luís Augusto Fischer
642.**Dicionário de Porto-Alegrês** – Luís A. Fischer
643.**Clô Dias & Noites** – Sérgio Jockymann
644.**Memorial de Isla Negra** – Pablo Neruda
645.**Um homem extraordinário e outras histórias** – Tchékhov
646.**Ana sem terra** – Alcy Cheuiche
647.**Adultérios** – Woody Allen
648.**Para sempre ou nunca mais** – R. Chandler
649.**Nosso homem em Havana** – Graham Greene
650.**Dicionário Caldas Aulete de Bolso**
651.**Snoopy: Posso fazer uma pergunta, professora? (5)** – Charles Schulz
652(10).**Luís XVI** – Bernard Vincent
653.**O mercador de Veneza** – Shakespeare
654.**Cancioneiro** – Fernando Pessoa
655.**Non-Stop** – Martha Medeiros
656.**Carpinteiros, levantem bem alto a cumeeira & Seymour, uma apresentação** – J.D.Salinger
657.**Ensaios céticos** – Bertrand Russell
658.**O melhor de Hagar 5** – Dik e Chris Browne
659.**Primeiro amor** – Ivan Turguêniev
660.**A trégua** – Mario Benedetti
661.**Um parque de diversões da cabeça** – Lawrence Ferlinghetti
662.**Aprendendo a viver** – Sêneca
663.**Garfield, um gato em apuros (9)** – Jim Davis
664.**Dilbert 1** – Scott Adams
665.**Dicionário de dificuldades** – Domingos Paschoal Cegalla
666.**A imaginação** – Jean-Paul Sartre
667.**O ladrão e os cães** – Naguib Mahfuz
668.**Gramática do português contemporâneo** – Celso Cunha
669.**A volta do parafuso** *seguido de* **Daisy Miller** – Henry James
670.**Notas do subsolo** – Dostoiévski
671.**Abobrinhas da Brasilônia** – Glauco
672.**Geraldão (3)** – Glauco
673.**Piadas para sempre (3)** – Visconde da Casa Verde
674.**Duas viagens ao Brasil** – Hans Staden
675.**Bandeira de bolso** – Manuel Bandeira
676.**A arte da guerra** – Maquiavel
677.**Além do bem e do mal** – Nietzsche
678.**O coronel Chabert** *seguido de* **A mulher abandonada** – Balzac
679.**O sorriso de marfim** – Ross Macdonald
680.**100 receitas de pescados** – Sílvio Lancellotti
681.**O juiz e seu carrasco** – Friedrich Dürrenmatt
682.**Noites brancas** – Dostoiévski
683.**Quadras ao gosto popular** – Fernando Pessoa
684.**Romanceiro da Inconfidência** – Cecília Meireles
685.**Kaos** – Millôr Fernandes
686.**A pele de onagro** – Balzac

687.**As ligações perigosas** – Choderlos de Laclos
688.**Dicionário de matemática** – Luiz Fernandes Cardoso
689.**Os Lusíadas** – Luís Vaz de Camões
690(11).**Átila** – Éric Deschodt
691.**Um jeito tranqüilo de matar** – Chester Himes
692.**A felicidade conjugal** *seguido de* **O diabo** – Tolstói
693.**Viagem de um naturalista ao redor do mundo** – vol. 1 – Charles Darwin
694.**Viagem de um naturalista ao redor do mundo** – vol. 2 – Charles Darwin
695.**Memórias da casa dos mortos** – Dostoiévski
696.**A Celestina** – Fernando de Rojas
697.**Snoopy: Como você é azarado, Charlie Brown! (6)** – Charles Schulz
698.**Dez (quase) amores** – Claudia Tajes
699(9).**Poirot sempre espera** – Agatha Christie
700.**Cecília de bolso** – Cecília Meireles
701.**Apologia de Sócrates** *precedido de* **Êutifron** e *seguido de* **Críton** – Platão
702.**Wood & Stock** – Angeli
703.**Striptiras (3)** – Laerte
704.**Discurso sobre a origem e os fundamentos da desigualdade entre os homens** – Rousseau
705.**Os duelistas** – Joseph Conrad
706.**Dilbert (2)** – Scott Adams
707.**Viver e escrever** (vol. 1) – Edla van Steen
708.**Viver e escrever** (vol. 2) – Edla van Steen
709.**Viver e escrever** (vol. 3) – Edla van Steen
710(10).**A teia da aranha** – Agatha Christie
711.**O banquete** – Platão
712.**Os belos e malditos** – F. Scott Fitzgerald
713.**Libelo contra a arte moderna** – Salvador Dalí
714.**Akropolis** – Valerio Massimo Manfredi
715.**Devoradores de mortos** – Michael Crichton
716.**Sob o sol da Toscana** – Frances Mayes
717.**Batom na cueca** – Nani
718.**Vida dura** – Claudia Tajes
719.**Carne trêmula** – Ruth Rendell
720.**Cris, a fera** – David Coimbra
721.**O anticristo** – Nietzsche
722.**Como um romance** – Daniel Pennac
723.**Emboscada no Forte Bragg** – Tom Wolfe
724.**Assédio sexual** – Michael Crichton
725.**O espírito do Zen** – Alan W. Watts
726.**Um bonde chamado desejo** – Tennessee Williams
727.**Como gostais** *seguido de* **Conto de inverno** – Shakespeare
728.**Tratado sobre a tolerância** – Voltaire
729.**Snoopy: Doces ou travessuras? (7)** – Charles Schulz
730.**Cardápios do Anonymus Gourmet** – J.A. Pinheiro Machado
731.**100 receitas com lata** – J.A. Pinheiro Machado
732.**Conhece o Mário?** vol.2 – Santiago
733.**Dilbert (3)** – Scott Adams
734.**História de um louco amor** *seguido de* **Passado amor** – Horacio Quiroga
735(11).**Sexo: muito prazer** – Laura Meyer da Silva
736(12).**Para entender o adolescente** – Dr. Ronald Pagnoncelli
737(13).**Desembarcando a tristeza** – Dr. Fernando Lucchese
738.**Poirot e o mistério da arca espanhola & outras histórias** – Agatha Christie
739.**A última legião** – Valerio Massimo Manfredi
740.**As virgens suicidas** – Jeffrey Eugenides
741.**Sol nascente** – Michael Crichton
742.**Duzentos ladrões** – Dalton Trevisan
743.**Os devaneios do caminhante solitário** – Rousseau
744.**Garfield, o rei da preguiça (10)** – Jim Davis
745.**Os magnatas** – Charles R. Morris
746.**Pulp** – Charles Bukowski
747.**Enquanto agonizo** – William Faulkner
748.**Aline: viciada em sexo (3)** – Adão Iturrusgarai
749.**A dama do cachorrinho** – Anton Tchékhov
750.**Tito Andrônico** – Shakespeare
751.**Antologia poética** – Anna Akhmátova
752.**O melhor de Hagar 6** – Dik e Chris Browne
753(12).**Michelangelo** – Nadine Sautel
754.**Dilbert (4)** – Scott Adams
755.**O jardim das cerejeiras** *seguido de* **Tio Vânia** – Tchékhov
756.**Geração Beat** – Claudio Willer
757.**Santos Dumont** – Alcy Cheuiche
758.**Budismo** – Claude B. Levenson
759.**Cleópatra** – Christian-Georges Schwentzel
760.**Revolução Francesa** – Frédéric Bluche, Stéphane Rials e Jean Tulard
761.**A crise de 1929** – Bernard Gazier
762.**Sigmund Freud** – Edson Sousa e Paulo Endo
763.**Império Romano** – Patrick Le Roux
764.**Cruzadas** – Cécile Morrisson
765.**O mistério do Trem Azul** – Agatha Christie
766.**Os escrúpulos de Maigret** – Simenon
767.**Maigret se diverte** – Simenon
768.**Senso comum** – Thomas Paine
769.**O parque dos dinossauros** – Michael Crichton
770.**Trilogia da paixão** – Goethe
771.**A simples arte de matar** (vol.1) – R. Chandler
772.**A simples arte de matar** (vol.2) – R. Chandler
773.**Snoopy: No mundo da lua! (8)** – Charles Schulz
774.**Os Quatro Grandes** – Agatha Christie
775.**Um brinde de cianureto** – Agatha Christie
776.**Súplicas atendidas** – Truman Capote
777.**Ainda restam aveleiras** – Simenon
778.**Maigret e o ladrão preguiçoso** – Simenon
779.**A viúva imortal** – Millôr Fernandes
780.**Cabala** – Roland Goetschel
781.**Capitalismo** – Claude Jessua
782.**Mitologia grega** – Pierre Grimal
783.**Economia: 100 palavras-chave** – Jean-Paul Betbèze
784.**Marxismo** – Henri Lefebvre
785.**Punição para a inocência** – Agatha Christie
786.**A extravagância do morto** – Agatha Christie
787(13).**Cézanne** – Bernard Fauconnier
788.**A identidade Bourne** – Robert Ludlum
789.**Da tranquilidade da alma** – Sêneca
790.**Um artista da fome** *seguido de* **Na colônia penal e outras histórias** – Kafka
791.**Histórias de fantasmas** – Charles Dickens
792.**A louca de Maigret** – Simenon
793.**O amigo de infância de Maigret** – Simenon
794.**O revólver de Maigret** – Simenon
795.**A fuga do sr. Monde** – Simenon
796.**O Uraguai** – Basílio da Gama
797.**A mão misteriosa** – Agatha Christie
798.**Testemunha ocular do crime** – Agatha Christie

799.**Crepúsculo dos ídolos** – Friedrich Nietzsche
800.**Maigret e o negociante de vinhos** – Simemon
801.**Maigret e o mendigo** – Simenon
802.**O grande golpe** – Dashiell Hammett
803.**Humor barra pesada** – Nani
804.**Vinho** – Jean-François Gautier
805.**Egito Antigo** – Sophie Desplancques
806(14).**Baudelaire** – Jean-Baptiste Baronian
807.**Caminho da sabedoria, caminho da paz** – Dalai Lama e Felizitas von Schönborn
808.**Senhor e servo e outras histórias** – Tolstói
809.**Os cadernos de Malte Laurids Brigge** – Rilke
810.**Dilbert (5)** – Scott Adams
811.**Big Sur** – Jack Kerouac
812.**Seguindo a correnteza** – Agatha Christie
813.**O álibi** – Sandra Brown
814.**Montanha-russa** – Martha Medeiros
815.**Coisas da vida** – Martha Medeiros
816.**A cantada infalível** *seguido de* **A mulher do centroavante** – David Coimbra
817.**Maigret e os crimes do cais** – Simenon
818.**Sinal vermelho** – Simenon
819.**Snoopy: Pausa para a soneca (9)** – Charles Schulz
820.**De pernas pro ar** – Eduardo Galeano
821.**Tragédias gregas** – Pascal Thiercy
822.**Existencialismo** – Jacques Colette
823.**Nietzsche** – Jean Granier
824.**Amar ou depender?** – Walter Riso
825.**Darmapada: A doutrina budista em versos**
826.**J'Accuse...! – a verdade em marcha** – Zola
827.**Os crimes ABC** – Agatha Christie
828.**Um gato entre os pombos** – Agatha Christie
829.**Maigret e o sumiço do sr. Charles** – Simenon
830.**Maigret e a morte do jogador** – Simenon
831.**Dicionário de teatro** – Luiz Paulo Vasconcellos
832.**Cartas extraviadas** – Martha Medeiros
833.**A longa viagem de prazer** – J. J. Morosoli
834.**Receitas fáceis** – J. A. Pinheiro Machado
835.(14).**Mais fatos & mitos** – Dr. Fernando Lucchese
836.(15).**Boa viagem!** – Dr. Fernando Lucchese
837.**Aline: Finalmente nua!!!** (4) – Adão Iturrusgarai
838.**Mônica tem uma novidade!** – Mauricio de Sousa
839.**Cebolinha em apuros!** – Mauricio de Sousa
840.**Sócios no crime** – Agatha Christie
841.**Bocas do tempo** – Eduardo Galeano
842.**Orgulho e preconceito** – Jane Austen
843.**Impressionismo** – Dominique Lobstein
844.**Escrita chinesa** – Viviane Alleton
845.**Paris: uma história** – Yvan Combeau
846(15).**Van Gogh** – David Haziot
847.**Maigret e o corpo sem cabeça** – Simenon
848.**Portal do destino** – Agatha Christie
849.**O futuro de uma ilusão** – Freud
850.**O mal-estar na cultura** – Freud
851.**Maigret e o matador** – Simenon
852.**Maigret e o fantasma** – Simenon
853.**Um crime adormecido** – Agatha Christie
854.**Satori em Paris** – Jack Kerouac
855.**Medo e delírio em Las Vegas** – Hunter Thompson
856.**Um negócio fracassado e outros contos de humor** – Tchékhov
857.**Mônica está de férias!** – Mauricio de Sousa
858.**De quem é esse coelho?** – Mauricio de Sousa
859.**O burgomestre de Furnes** – Simenon
860.**O mistério Sittaford** – Agatha Christie
861.**Manhã transfigurada** – Luiz Antonio de Assis Brasil
862.**Alexandre, o Grande** – Pierre Briant
863.**Jesus** – Charles Perrot
864.**Islã** – Paul Balta
865.**Guerra da Secessão** – Farid Ameur
866.**Um rio que vem da Grécia** – Cláudio Moreno
867.**Maigret e os colegas americanos** – Simenon
868.**Assassinato na casa do pastor** – Agatha Christie
869.**Manual do líder** – Napoleão Bonaparte
870(16).**Billie Holiday** – Sylvia Fol
871.**Bidu arrasando!** – Mauricio de Sousa
872.**Desventuras em família** – Mauricio de Sousa
873.**Liberty Bar** – Simenon
874.**E no final a morte** – Agatha Christie
875.**Guia prático do Português correto – vol. 4** – Cláudio Moreno
876.**Dilbert (6)** – Scott Adams
877(17).**Leonardo da Vinci** – Sophie Chauveau
878.**Bella Toscana** – Frances Mayes
879.**A arte da ficção** – David Lodge
880.**Striptiras (4)** – Laerte
881.**Skrotinhos** – Angeli
882.**Depois do funeral** – Agatha Christie
883.**Radicci 7** – Iotti
884.**Walden** – H. D. Thoreau
885.**Lincoln** – Allen C. Guelzo
886.**Primeira Guerra Mundial** – Michael Howard
887.**A linha de sombra** – Joseph Conrad
888.**O amor é um cão dos diabos** – Bukowski
889.**Maigret sai em viagem** – Simenon
890.**Despertar: uma vida de Buda** – Jack Kerouac
891(18).**Albert Einstein** – Laurent Seksik
892.**Hell's Angels** – Hunter Thompson
893.**Ausência na primavera** – Agatha Christie
894.**Dilbert (7)** – Scott Adams
895.**Ao sul de lugar nenhum** – Bukowski
896.**Maquiavel** – Quentin Skinner
897.**Sócrates** – C.C.W. Taylor
898.**A casa do canal** – Simenon
899.**O Natal de Poirot** – Agatha Christie
900.**As veias abertas da América Latina** – Eduardo Galeano
901.**Snoopy: Sempre alerta! (10)** – Charles Schulz
902.**Chico Bento: Plantando confusão** – Mauricio de Sousa
903.**Penadinho: Quem é morto sempre aparece** – Mauricio de Sousa
904.**A vida sexual da mulher feia** – Claudia Tajes
905.**100 segredos de liquidificador** – José Antonio Pinheiro Machado
906.**Sexo muito prazer 2** – Laura Meyer da Silva
907.**Os nascimentos** – Eduardo Galeano
908.**As caras e as máscaras** – Eduardo Galeano
909.**O século do vento** – Eduardo Galeano
910.**Poirot perde uma cliente** – Agatha Christie
911.**Cérebro** – Michael O'Shea
912.**O escaravelho de ouro e outras histórias** – Edgar Allan Poe
913.**Piadas para sempre (4)** – Visconde da Casa Verde
914.**100 receitas de massas light** – Helena Tonetto
915(19).**Oscar Wilde** – Daniel Salvatore Schiffer
916.**Uma breve história do mundo** – H. G. Wells

917.**A Casa do Penhasco** – Agatha Christie
918.**Maigret e o finado sr. Gallet** – Simenon
919.**John M. Keynes** – Bernard Gazier
920(20).**Virginia Woolf** – Alexandra Lemasson
921.**Peter e Wendy** *seguido de* **Peter Pan em Kensington Gardens** – J. M. Barrie
922.**Aline: numas de colegial (5)** – Adão Iturrusgarai
923.**Uma dose mortal** – Agatha Christie
924.**Os trabalhos de Hércules** – Agatha Christie
925.**Maigret na escola** – Simenon
926.**Kant** – Roger Scruton
927.**A inocência do Padre Brown** – G.K. Chesterton
928.**Casa Velha** – Machado de Assis
929.**Marcas de nascença** – Nancy Huston
930.**Aulete de bolso**
931.**Hora Zero** – Agatha Christie
932.**Morte na Mesopotâmia** – Agatha Christie
933.**Um crime na Holanda** – Simenon
934.**Nem te conto, João** – Dalton Trevisan
935.**As aventuras de Huckleberry Finn** – Mark Twain
936(21).**Marilyn Monroe** – Anne Plantagenet
937.**China moderna** – Rana Mitter
938.**Dinossauros** – David Norman
939.**Louca por homem** – Claudia Tajes
940.**Amores de alto risco** – Walter Riso
941.**Jogo de damas** – David Coimbra
942.**Filha é filha** – Agatha Christie
943.**M ou N?** – Agatha Christie
944.**Maigret se defende** – Simenon
945.**Bidu: diversão em dobro!** – Mauricio de Sousa
946.**Fogo** – Anaïs Nin
947.**Rum: diário de um jornalista bêbado** – Hunter Thompson
948.**Persuasão** – Jane Austen
949.**Lágrimas na chuva** – Sergio Faraco
950.**Mulheres** – Bukowski
951.**Um pressentimento funesto** – Agatha Christie
952.**Cartas na mesa** – Agatha Christie
953.**Maigret em Vichy** – Simenon
954.**O lobo do mar** – Jack London
955.**Os gatos** – Patricia Highsmith
956(22).**Jesus** – Christiane Rancé
957.**História da medicina** – William Bynum
958.**O Morro dos Ventos Uivantes** – Emily Brontë
959.**A filosofia na era trágica dos gregos** – Nietzsche
960.**Os treze problemas** – Agatha Christie
961.**A massagista japonesa** – Moacyr Scliar
962.**A taberna dos dois tostões** – Simenon
963.**Humor do miserê** – Nani
964.**Todo o mundo tem dúvida, inclusive você** – Édison Oliveira
965.**A dama do Bar Nevada** – Sergio Faraco
966.**O Smurf Repórter** – Peyo
967.**O Bebê Smurf** – Peyo
968.**Maigret e os flamengos** – Simenon
969.**O psicopata americano** – Bret Easton Ellis
970.**Ensaios de amor** – Alain de Botton
971.**O grande Gatsby** – F. Scott Fitzgerald
972.**Por que não sou cristão** – Bertrand Russell
973.**A Casa Torta** – Agatha Christie
974.**Encontro com a morte** – Agatha Christie
975(23).**Rimbaud** – Jean-Baptiste Baronian
976.**Cartas na rua** – Bukowski
977.**Memória** – Jonathan K. Foster
978.**A abadia de Northanger** – Jane Austen
979.**As pernas de Úrsula** – Claudia Tajes
980.**Retrato inacabado** – Agatha Christie
981.**Solanin (1)** – Inio Asano
982.**Solanin (2)** – Inio Asano
983.**Aventuras de menino** – Mitsuru Adachi
984(16).**Fatos & mitos sobre sua alimentação** – Dr. Fernando Lucchese
985.**Teoria quântica** – John Polkinghorne
986.**O eterno marido** – Fiódor Dostoiévski
987.**Um safado em Dublin** – J. P. Donleavy
988.**Mirinha** – Dalton Trevisan
989.**Akhenaton e Nefertiti** – Carmen Seganfredo e A. S. Franchini
990.**On the Road – o manuscrito original** – Jack Kerouac
991.**Relatividade** – Russell Stannard
992.**Abaixo de zero** – Bret Easton Ellis
993(24).**Andy Warhol** – Mériam Korichi
994.**Maigret** – Simenon
995.**Os últimos casos de Miss Marple** – Agatha Christie
996.**Nico Demo** – Mauricio de Sousa
997.**Maigret e a mulher do ladrão** – Simenon
998.**Rousseau** – Robert Wokler
999.**Noite sem fim** – Agatha Christie
1000.**Diários de Andy Warhol (1)** – Editado por Pat Hackett
1001.**Diários de Andy Warhol (2)** – Editado por Pat Hackett
1002.**Cartier-Bresson: o olhar do século** – Pierre Assouline
1003.**As melhores histórias da mitologia: vol. 1** – A.S. Franchini e Carmen Seganfredo
1004.**As melhores histórias da mitologia: vol. 2** – A.S. Franchini e Carmen Seganfredo
1005.**Assassinato no beco** – Agatha Christie
1006.**Convite para um homicídio** – Agatha Christie
1007.**Um fracasso de Maigret** – Simenon
1008.**História da vida** – Michael J. Benton
1009.**Jung** – Anthony Stevens
1010.**Arsène Lupin, ladrão de casaca** – Maurice Leblanc
1011.**Dublinenses** – James Joyce
1012.**120 tirinhas da Turma da Mônica** – Mauricio de Sousa
1013.**Antologia poética** – Fernando Pessoa
1014.**A aventura de um cliente ilustre** *seguido de* **O último adeus de Sherlock Holmes** – Sir Arthur Conan Doyle
1015.**Cenas de Nova York** – Jack Kerouac
1016.**A corista** – Anton Tchékhov
1017.**O diabo** – Leon Tolstói
1018.**Fábulas chinesas** – Sérgio Capparelli e Márcia Schmaltz
1019.**O gato do Brasil** – Sir Arthur Conan Doyle
1020.**Missa do Galo** – Machado de Assis
1021.**O mistério de Marie Rogêt** – Edgar Allan Poe
1022.**A mulher mais linda da cidade** – Bukowski
1023.**O retrato** – Nicolai Gogol
1024.**O conflito** – Agatha Christie
1025.**Os primeiros casos de Poirot** – Agatha Christie
1026.**Maigret e o cliente de sábado** – Simenon
1027(25).**Beethoven** – Bernard Fauconnier
1028.**Platão** – Julia Annas

1029.**Cleo e Daniel** – Roberto Freire
1030.**Til** – José de Alencar
1031.**Viagens na minha terra** – Almeida Garrett
1032.**Profissões para mulheres e outros artigos feministas** – Virginia Woolf
1033.**Mrs. Dalloway** – Virginia Woolf
1034.**O cão da morte** – Agatha Christie
1035.**Tragédia em três atos** – Agatha Christie
1036.**Maigret hesita** – Simenon
1037.**O fantasma da Ópera** – Gaston Leroux
1038.**Evolução** – Brian e Deborah Charlesworth
1039.**Medida por medida** – Shakespeare
1040.**Razão e sentimento** – Jane Austen
1041.**A obra-prima ignorada** *seguido de* **Um episódio durante o Terror** – Balzac
1042.**A fugitiva** – Anaïs Nin
1043.**As grandes histórias da mitologia greco-romana** – A. S. Franchini
1044.**O corno de si mesmo & outras historietas** – Marquês de Sade
1045.**Da felicidade** *seguido de* **Da vida retirada** – Sêneca
1046.**O horror em Red Hook e outras histórias** – H. P. Lovecraft
1047.**Noite em claro** – Martha Medeiros
1048.**Poemas clássicos chineses** – Li Bai, Du Fu e Wang Wei
1049.**A terceira moça** – Agatha Christie
1050.**Um destino ignorado** – Agatha Christie
1051(26).**Buda** – Sophie Royer
1052.**Guerra Fria** – Robert J. McMahon
1053.**Simons's Cat: as aventuras de um gato travesso e comilão – vol. 1** – Simon Tofield
1054.**Simons's Cat: as aventuras de um gato travesso e comilão – vol. 2** – Simon Tofield
1055.**Só as mulheres e as baratas sobreviverão** – Claudia Tajes
1056. **Maigret e o ministro** – Simenon
1057.**Pré-história** – Chris Gosden
1058.**Pintou sujeira!** – Mauricio de Sousa
1059.**Contos de Mamãe Gansa** – Charles Perrault
1060.**A interpretação dos sonhos: vol. 1** – Freud
1061.**A interpretação dos sonhos: vol. 2** – Freud
1062.**Frufru, Rataplã, Dolores** – Dalton Trevisan
1063.**As melhores histórias da mitologia egípcia** – Carmem Seganfredo e A.S. Franchini
1064.**Infância. Adolescência. Juventude** – Tolstói
1065.**As consolações da filosofia** – Alain de Botton
1066.**Diários de Jack Kerouac – 1947-1954**
1067.**Revolução Francesa – vol. 1** – Max Gallo
1068.**Revolução Francesa – vol. 2** – Max Gallo
1069.**O detetive Parker Pyne** – Agatha Christie
1070.**Memórias do esquecimento** – Flávio Tavares
1071.**Drogas** – Leslie Iversen
1072.**Manual de ecologia (vol.2)** – J. Lutzenberger
1073.**Como andar no labirinto** – Affonso Romano de Sant'Anna
1074.**A orquídea e o serial killer** – Juremir Machado da Silva
1075.**Amor nos tempos de fúria** – Lawrence Ferlinghetti
1076.**A aventura do pudim de Natal** – Agatha Christie
1077.**Maigret no Picratt's** – Simenon
1078.**Amores que matam** – Patricia Faur
1079.**Histórias de pescador** – Mauricio de Sousa
1080.**Pedaços de um caderno manchado de vinho** – Bukowski
1081.**A ferro e fogo: tempo de solidão (vol.1)** – Josué Guimarães
1082.**A ferro e fogo: tempo de guerra (vol.2)** – Josué Guimarães
1083.**Carta a meu juiz** – Simenon
1084(17).**Desembarcando o Alzheimer** – Dr. Fernando Lucchese e Dra. Ana Hartmann
1085.**A maldição do espelho** – Agatha Christie
1086.**Uma breve história da filosofia** – Nigel Warburton
1087.**Uma confidência de Maigret** – Simenon
1088.**Heróis da História** – Will Durant
1089.**Concerto campestre** – L. A. de Assis Brasil
1090.**Morte nas nuvens** – Agatha Christie
1091.**Maigret no tribunal** – Simenon
1092.**Aventura em Bagdá** – Agatha Christie
1093.**O cavalo amarelo** – Agatha Christie
1094.**O método de interpretação dos sonhos** – Freud
1095.**Sonetos de amor e desamor** – Vários
1096.**120 tirinhas do Dilbert** – Scott Adams
1097.**124 fábulas de Esopo**
1098.**O curioso caso de Benjamin Button** – F. Scott Fitzgerald
1099.**Piadas para sempre: uma antologia para morrer de rir** – Visconde da Casa Verde
1100.**Hamlet (Mangá)** – Shakespeare
1101.**A arte da guerra (Mangá)** – Sun Tzu
1102.**Maigret na pensão** – Simenon
1103.**Meu amigo Maigret** – Simenon
1104.**As melhores histórias da Bíblia (vol.1)** – A. S. Franchini e Carmen Seganfredo
1105.**As melhores histórias da Bíblia (vol.2)** – A. S. Franchini e Carmen Seganfredo
1106.**Psicologia das massas e análise do eu** – Freud
1107.**Guerra Civil Espanhola** – Helen Graham
1108.**A autoestrada do sul e outras histórias** – Julio Cortázar
1109.**O mistério dos sete relógios** – Agatha Christie
1110.**Peanuts: Ninguém gosta de mim... (amor)** – Charles Schulz
1111.**Cadê o bolo?** – Mauricio de Sousa
1112.**O filósofo ignorante** – Voltaire
1113.**Totem e tabu** – Freud
1114.**Filosofia pré-socrática** – Catherine Osborne
1115.**Desejo de status** – Alain de Botton
1116.**Maigret e o informante** – Simenon
1117.**Peanuts: 120 tirinhas** – Charles Schulz
1118.**Passageiro para Frankfurt** – Agatha Christie
1119.**Maigret se irrita** – Simenon
1120.**Kill All Enemies** – Melvin Burgess
1121.**A morte da sra. McGinty** – Agatha Christie
1122.**Revolução Russa** – S. A. Smith
1123.**Até você, Capitu?** – Dalton Trevisan
1124.**O grande Gatsby (Mangá)** – F. S. Fitzgerald
1125.**Assim falou Zaratustra (Mangá)** – Nietzsche
1126. **Peanuts: É para isso que servem os amigos (amizade)** – Charles Schulz
1127(27).**Nietzsche** – Dorian Astor
1128.**Bidu: Hora do banho** – Mauricio de Sousa
1129.**O melhor do Macanudo Taurino** – Santiago
1130.**Radicci 30 anos** – Iotti
1131.**Show de sabores** – J.A. Pinheiro Machado
1132.**O prazer das palavras** – vol. 3 – Cláudio Moreno

L&PM POCKET ENCYCLOPAEDIA
Michael J. Benton
História da
John Polkinghorne
Teoria quântica
Robert Wokler
Rousseau
Russell Stannard
Relatividad
Roger Scruton
Kant

IMPRESSÃO:

GRÁFICA EDITORA Pallotti IMAGEM DE QUALIDADE

Santa Maria - RS - Fone/Fax: (55) 3220.4500
www.pallotti.com.br